GOBOOKS & SITAK GROUP©

GOBOOKS & SITAK GROUP ©

三日月書版

三日月書版

MONONOKERYOTEI
著
微混吃等死
畫
歐歐MIN
妖怪料亭
Missing Memory
3
三日月書版
輕世代 FW372

Character File
姚令瑄
高三畢業生
162cm
Profile
個頭嬌小可愛，但內心溫柔堅強。
小時候跟父母一起生活在妖怪與人類共存的小鎮。
擁有不凡的能力，心願是希望所有人和妖怪都可以透過努力獲得幸福。
「你已經成為人類與
妖怪之間的橋梁了。」
Missing Memory

Character File

林隱逸

高三畢業生
177cm

Profile

曾經失去味覺的少年。十歲開始看得見妖怪，從此與好運絕緣，無論怎麼努力都會失敗。久而久之，便漸漸放棄選擇，只是隨波逐流地活著。

「從今天開始，我不再只是過客。」

Missing Memory

MONONOKE
RYOTEI
妖怪料亭

目次 Contents

0

任憑時光流逝

M O N O N O K E R Y O T E I

玉溪鎮座落在山與海之間，前方是碧藍色的海洋，後方則是連綿無盡的群山。樸實的街道風情，彷彿獨立於世間塵囂之外，一點也沒有被科技所帶來的越來越快的步調影響。若世界上真的有世外桃源，玉溪鎮一定是其中之一。

盛夏，熾熱的陽光照耀著生活節奏緩慢的玉溪鎮。

從鎮上往群山一路蔓延的花田與稻田，稻穗上閃耀著光芒。一條條河渠穿越了花田，流水聲不斷，緩緩傳入室內，伴隨著穿透窗簾的淡淡陽光。

我與林梟一起窩在老家的塌塌米大廳中。最近天氣越來越熱，林梟似乎回憶起了她的家鄉，常常把冷氣開得非常冷。

仰望著屋外藍天，我不禁站了起來，抖抖身子。

「要喝咖啡嗎？林梟。」

「好啊。」

「那我看看，我們還有什麼咖啡豆可以選⋯⋯」

我邊說邊走向客廳後方的角落，林梟的聲音從背後傳來。

「我之前拿回來的咖啡豆裡面有個很厲害的。」

「有多厲害？之前我們都喝過藝妓了。」

「哈，藝妓是很頂級了，喝起來口感很明亮。我拿回來的咖啡豆是跟藝妓差不多的等級。」

「是嗎？不信。」

林梟自信地說：「瓜地馬拉，安提瓜——花神。」

「……妳從哪裡拿回來的？」

我在櫃子上翻找，最後找到了花神咖啡豆的包裝。鼻子湊上前，靠近包裝袋上微微戳破的小孔，輕聞了一下。

純厚的氣息，卻不膩，有點意思。

花神——這是之前林梟叼回來的咖啡豆之一，真不知道她進城做了什麼。

花神咖啡豆，是來自生產單品咖啡豆的小莊園。最特別的是，花神咖啡豆種植在安提瓜火山斜坡上，出身環境不一般，注定了它的價值。

我把煮好的咖啡豆放到桌上。一杯往前推，給了正靠在矮桌邊凝視屋外花田的林梟。

「喏。」

「謝了。」

她接過咖啡，滿意地喝了一口。

我仔細品嚐花神咖啡。第一口竟是溫和的奶香，過了一會兒，漸漸被冒出的紅糖取代，尾韻則是類似堅果的香氣。

「好喝。」我老實地說。

這樣的咖啡，我一天能喝三杯。

現在的林梟正單手捧著咖啡杯，眺望著遠方的群山，沒有說話。

我與她，都只是任憑著時光流逝而已。

林梟的背影，隱約帶了一點孤寂與傲然。耳畔垂下的蜷曲髮絲帶著凌亂，卻有股率性的自然感，很適合她，額前的瀏海微微分向了左側。

「林隱逸。」

「嗯。」

「姚家的小女孩……姚令瑄，她會怎麼選呢？」

「……」

「你心裡有答案嗎？」

「沒有。」我搖搖頭，「目前沒有。」

「唉……海底鬼市，那裡什麼都有，從很久很久以前就是這樣了。但林隱逸，那裡不只是給人希望的地方，更是能吞噬人心的地方。」

「我們只能去那裡。」

「是嗎？」

林梟嘆了口氣，不再說話。

海底鬼市，在那裡能交換到所有人心中所尋之物。

我與姚令瑄費了好一段時間才終於找到直通鬼市的海鳥。然而，海鳥帶回的訊息卻令人陷入抉擇。

仔細來說，是崩潰。那無疑是個兩難。

——我是姚令瑄，我想要能召喚比翼鳥的號角。

——看清楚海底鬼市交易人要的等價之物。記住，此等價之物並非與比翼鳥的號角相比，而是與妳內心的渴望相比。

在等價之物中，姚令瑄必須做出抉擇。

選擇一：姚令瑄交出長髮、血還有真名。

選擇二：姚令瑄放棄法術天分，再也看不到妖怪。

無論哪一個選項，身為玉溪鎮當代調停人的姚令瑄一旦放棄了，就再也不是從前的她了。為了尋找父母消失的真相，姚令瑄一路走到這裡，再一步就能召喚出比翼鳥，更加靠近七年前颱風夜的真相了。而對我來說，七年前的那個颱風夜也一樣重要。

阻擋在她身前的，是何其龐大的障礙。

我啜了一口花神咖啡，堅果微甜的氣息在口中散開。

「噯，林梟。」

「說。」

「妳去過海底鬼市嗎？」

「很久以前去過一次。那時候，這裡還不叫台灣。」

「可以跟我說說嗎？更詳細一點。」

「你想幹嘛？」林梟轉過頭，露出略帶謹慎與擔心的表情，「林隱逸，不要做蠢事，好嗎？」

「我不會啦。」

我喝完咖啡，站了起身。

先去見見姚令瑄吧，看看現在的她對下一步怎麼想。

1

無法完成的交易

M O N O N O K E R Y O T E I

鬼市的特徵是以物易物。仗著對方的需求極為強烈，給予對方難以滿足、損失甚多的的交易條件。但姚令瑄的所求之物，幾乎是要解開人生最大的謎團、找到爸媽。

陽光溫和地灑落在位於玉溪鎮上的料亭，門口的箭竹與不遠方的竹林同樣染上了金黃色的色彩。

妖怪料亭早已存在這裡不知多少年，也不知道存在了多少妖怪的故事。

微風牽動窗簾，我輕拉開門把，走了進去。

「歡迎光臨……」

姚令瑄本來坐在吧檯邊打瞌睡，聽到門被推動的聲音，習慣地喊道。發現是我後，她疲倦的身子立刻縮了回去。

「啊，是林隱逸啊。」

「午安。不用在意我，妳累的話就繼續休息吧。」

「沒事，我已經醒了。」

姚令瑄用手揉著眼睛。儘管很累了，還是在逞強。

她染上亞麻的冷色髮絲帶了點棕色與青色，因剛睡醒，看起來略顯凌亂。睡眼惺忪的姚令瑄，我似乎是第一次見到。

「……」

一時間，我竟不知道該說什麼。

我不由得好奇，身為玉溪鎮前任調停人的父母在七年前的颱風夜消失後，姚令瑄在面對困難的抉擇或極其悲傷的事時，又有誰能訴說？只剩下她熟悉的妖怪了吧。

我走向吧檯內內，問道：「妳要喝杯水嗎？」

「嗯，好。」

「那我倒一杯給妳。」

時值午後，這段時間是妖怪料亭一天中最清閒的時刻，除了我之外，沒有其他客人了。

空氣間流淌著妖怪料亭內具有年代感的獨有氣息，十分寧靜。

我把冰水遞給姚令瑄。

她已經整理好頭髮，在垂落額前的髮絲後方，眼瞳已經重新恢復了元氣。

凝視著她與她身後的那張桌子，我不由得想起陳老奶奶，與推著糖葫蘆小攤車苦等老奶奶數十年的唐家老爺爺。

姚令瑄似乎注意到我的眼神，也微微轉身看向後方。

「……」

非常有默契地，我們都沒有說話。

相守數十年的伴侶在終於相聚的那天，在妖怪料亭享受了由當代調停人精心烹製的料理。陳老奶奶更是不顧禁忌，透露了關鍵線索給我們。

『**七年前到底發生了什麼？**為什麼我的爸爸媽媽會在一夜之間就這樣消失在世上？』

『她是小瑄，就算不能說，我也要提示她。小瑄，妳還記得七年前的那個晚上，我們鎮上那場歷史上最嚴重的颱風嗎？那是因為妳的父母在七年前做了一件事，但對於某些不能言明的存在來說，那是絕對的禁忌。去找比翼鳥，還有鎮上那個擁有筆墨紙硯四個守護神的書生。』

那即是陳老奶奶在身影消失前，最後留下的言語。

姚令瑄回過頭，低頭望向桌面。一頭長髮微微傾洩，髮絲稍稍遮住了她的臉蛋。

「林隱逸。」

「嗯。」

「書生我們找到了，也解決了。現在，比翼鳥也近在眼前了。」

「對，我知道。」

坐著的姚令瑄抬起頭，眼眶內微帶濕潤與泛紅。

那是脆弱與無助，不知如何是好。

她以從下而上的角度看著我。

「林隱逸，交易人要我交出頭髮、血還有真名。以法術的角度來看，他大可以控制我的一生。」

「嗯……」

「另外一個條件是要我放棄法術的天賦……這樣我就當不了玉溪鎮的調停人，也看不到妖怪了。」

「嗯。」我沉重地點點頭。

兩難。與其說是交易，不如說是掠奪。

我也在苦思，到底要怎麼樣才能拿到召喚比翼鳥的號角。據說，比翼鳥出現時都會伴隨著海嘯，天降災難。

基於七年前那個破紀錄的颱風，還有摧毀一部分小鎮的海嘯，比翼鳥在玉溪鎮這個充滿妖怪的鎮上並不受歡迎。

「怎麼辦？」

這句話是我近似自若自答般的問句，並非來自姚令瑄。

她喝了口水，試著穩定情緒。

「林隱逸，你聽聽看。這幾天，我想了很久。我覺得，不然就把頭髮、血還有真名給對方，說不一定對方不是壞人。而且就算掌握那些東西，也不是能完全控制我，只是能在關鍵時刻影響我而已。」

「不要……」

「不要什麼？」

「不要給他！姚令瑄，妳想拿妳的一生追尋真相嗎？」

「……」

「我想問妳，這樣值得嗎？」

我筆直地望向她。

「人家覺得值得。」

姚令瑄咬著嘴唇，一點也沒有退讓的意思。這傢伙的固執一點也不亞於某隻紫綬帶。

「為什麼妳不考慮先暫時放下這件事？」

「……」她看了我一眼。

「妳說話啊。」

「都已經到現在了，你還在跟我說這個。」姚令瑄無奈一笑。那是除了無奈以外，再也沒有任何意涵的苦笑。

像極了不知不覺間長大的少年少女回首一望青春時代，才發現一切都過去了，只能釋然地接受一切。

我依然站在吧檯後方，身前就是姚令瑄。

我深深吸了一口氣。隨著頭漸漸低垂，我往下一看，是顯然有點歲月的木製砧板，還有幾把刀。

各式各樣的料理工具靜靜地陳列在吧檯後方，獨屬料理人的位置。

我不只看見料理的工具，更看見了姚令瑄接下爸媽的擔子，承接多年的妖怪料亭，反而讓我說不出話來。

椅子移動的聲音傳來。姚令瑄站了起來，此刻的她穿著十分樸實，沒有什麼色彩，就好像無力顧及自己的裝扮。

她以右手拉著左手臂，片刻的不安後，她背靠上吧檯。

「我想知道爸爸媽媽為什麼消失……我為玉溪鎮奉獻這麼多年，擔任鎮民與妖怪間的調停者，你知道嗎？林隱逸，在我遇過的妖怪裡，大家都很喜歡我的爸爸媽媽。」

「嗯。」

「在鎮上的老人，那些保留著時代記憶、從上一代走過來的老人們，大家對我爸媽的評價也很好。像唐老爺爺、老書生、陳老奶奶、葉穿雲爺爺……」

「……」

「所以。」

姚令瑄慢慢地走向窗口。我從吧檯後方繞出來，跟上她的背影。

她單手撫向玻璃窗面，眺望向遠方的群山，輕聲說道：「意思是，我爸媽在鎮上沒有仇人。沒有人類的仇人，也沒有妖怪的仇人。」

「……」

「我一直有個猜測。」

「請說。」

「讓我爸爸媽媽消失的人可能根本不是玉溪鎮上的人，而是其他……其他更有實力、更加久遠的存在。」

「我懂了……」

隨著姚令瑄意有所指的發言，我心領神會到她的意思，但是沒有證據。

姚令瑄堅定地望向遠方的群山。那是從後方將玉溪鎮徹底包圍起來，讓玉溪鎮幾乎與世隔絕的原始森林與無盡山嶺。

——從前的玉溪鎮因長久無人踏足，散發出神祕且幽靜的氣息。

——很久以前，這裡因為能通往茂密的森林，形成聚落。老一輩的人總說山中有山神，不要讓山神生氣了。

不知道是不是心理作用，屋外的風漸漸變大了，連門口的風鈴都被帶動起來。

「呵，又再搞這種把戲。」

姚令瑄旋然轉身，先前所有的不安與脆弱盡數消散，往門口踏去。每一次邁開長腿，都像有一股力量匯集在妖怪料亭。

她走回吧檯後方，不知道從哪裡把之前的製風龜拿出來。她本人則回到門邊，將微微敞開的門一把關上，帶著怒氣。

「……」

不知道是不是對方感受到了姚令瑄的決心，呼嘯的風聲又變小了，慢慢恢復了正常。

「噯，林隱逸。」

「……嗯。」

「你也會一點法術吧。等到哪天真的起了衝突，你一定要來幫我喔！」

「如果真的有那天，算我一個。」

「還有跟著你的巴魯匝庫。」

「一定一定。」

我不知道姚令瑄是不是在開玩笑，但故作輕鬆地回道。

這個世界已經夠累了。

我替自己倒了一杯冰麥茶。

「姚令瑄，就算妳真的決定犧牲什麼，也不要那麼早做決定。」

「為什麼？」

「因為我們不知道的事太多了。」

「是沒錯。」

「像是伴隨著海嘯出現的比翼鳥。是，很多人在七年前的颱風夜看過比翼鳥，在陳老奶奶走之前，也是叫我們去找老書生跟比翼鳥。但是，比翼鳥只能透過古老的號角召喚嗎？」

「……」

「是吧？」

我試著說服姚令瑄那不一定是唯一方法。

只見她嫣然一笑，回到了吧檯後方，順便用手逗弄小龜。

這隻製風龜可是當初把金蟬嚇破膽的傳說生物，卻早已經跟姚令瑄成為了玩伴，或者食客？

她微微前傾上半身，似乎準備煮點什麼。

「很遺憾……按照我對比翼鳥傳說的了解，以及我身為玉溪鎮調停人的知識與經驗，那個號角是唯一召喚比翼鳥的方法。」

「妳確定？」

「你猜猜看我問過多少妖怪了？玉溪鎮附近的妖怪，我幾乎問遍了。就是因為確定，所以我才這麼煩惱。」姚令瑄稍微頓了一下，輕眨雙瞳，「因為看起來也真的沒方法了。」

「是嗎……」

真的如此殘酷嗎？但好像也合理，因為……

姚令瑄的手越過吧檯，輕輕拍了我低垂的頭。

「你身邊那位紫綬帶……林梟姊姊，她也知道了這件事吧？她都沒有其他方法了，你覺得還有其他方法嗎？」

「她……不，或許還有方法，只是還需要一點時間。」

林梟身為千年神祕的紫綬帶，也無法給出其他召喚比翼鳥的方法。但其實我覺得林梟只是還沒有認真投入、專注在這件事上而已。

見到我如此執著，姚令瑄最後笑道：「放心，這幾天我還會好好享受玉溪鎮上的美好時光。畢竟，誰知道以後會怎麼樣呢？」

聽到這句話讓我更加無力。我長長地吐出一口氣，重整思緒。先不要再講這件事了，我抬起頭，好奇地問道：

「姚令瑄，有什麼好吃的可以吃嗎？」

「有，我正在做松茸蒸蛋。當作午後的小吃，很健康喔！」

「松茸？」

「對啊，我之前跟小火狐一起去森林裡摘回來的。玉溪鎮附近的森林裡，食材的品質都很高。」

「嗯，期待。」

曾經除了咖啡以外，什麼東西都嚐不到味道的我，現在唯獨能嚐到的就是姚令瑄做的料理味道。這也是我喜歡來妖怪料亭的原因。

結束了沉重的話題，現在我是料亭唯一的客人。姚令瑄單獨為我做小吃，也真是一件奢侈的事。

只見姚令瑄動作流利地綁起馬尾，將一頭長髮高高圈起，露出白皙的頸子與耳畔，纖細的手拿起料理刀切起松茸。蒸蛋的部分，她更早就開始準備了。

過沒多久，淡淡的蛋香飄散在妖怪料亭。

我啜著冰麥茶，自己思考著。

髮絲、血與真名，又或者法術天賦，我都不希望姚令瑄放棄。

她說，她還想享受最後幾天平靜而普通的平凡日子。那，這幾天我就要找到方法，召喚出比翼鳥。

七年前的颱風夜，不只改變了姚令瑄的生活，更改寫了我的生活。從那以後，我的運勢急轉直下，對人生的期待與積極幾乎完全沒有用，不管再怎麼努力都沒有意義。

我有預感，那一天夜裡發生的事可能也與我有關。我也想找到在背後造成這一切的存在。

「松茸蒸蛋好嘍！」

「讓我嚐嚐。」

我嚐了一口，果然是一如既往的味道。

要前往位於台灣西南方的海底鬼市，路程其實有點遙遠。在出發前，我想做好萬全的準備。

我坐在夏日沿廊邊，往前方一望，是一望無際、筆直地往翠綠群山延伸的花田與農田。

今天林梟不在老家，不知道她又飛往了何方。百般無聊的我甚至走到鎮上的鬧區，買了兩杯珍珠奶茶，一杯先放在冰箱裡，要是林梟有回來的話，她還可以喝。

我忽然想到。

「有幾天沒看到巴魯匝庫了⋯⋯」

自從從通往海底鬼市的懸崖邊歸來，似乎還沒有看到巴魯匝庫過。

比起在這裡擁有一個小窩的林梟，巴魯匝庫的行蹤更是飄渺。牠還是喜歡在玉溪群山上奔跑，踏過一片片落葉，穿越一團團樹叢，啃著野果，大口喝著山泉水。

牠是屬於玉溪群山的守護神之一。

「……」

我的眼睛眨了眨。剛才有一團靈巧的身影，從夏日沿廊前方的花田跳進了院子，有一對小巧的獠牙和柔順的長毛，往夏日沿廊飛速奔來。是巴魯叵庫。

「嗨，林隱逸！」

「哇，好久不見了。」

「大概一週而已好嗎？我有點想山了，就回去深山一趟。」

「你回去那座百獸祠了嗎？」

「那裡是很深啦……」巴魯叵庫跳上夏日沿廊，舒舒服服地趴在那裡。

「還有更深的地方？」

「當然。只要還有人跡的地方，就不是真正的深山，都還是屬於人類的世界。玉溪群山比你們想像的更神祕喔。」

「……這我有感覺到。」我愣愣地點頭。

之前在處理老先生的委託，四處追查金蟬的真身時，我也曾莫名其妙到了破敗、荒廢已久的金蟬廟。

那是時代久遠的邪靈，恐怕除了文獻以外，早已不再有記得的人。

玉溪群山裡，最吸引我的還是那座曾經在玉溪考據裡看到的神社。

玉溪考據裡寫著一條密道，百年前的那條產業道路能在中途轉彎。那裡有鳥居，穿過鳥居——連接神明居住的區域與俗世的橋樑繼續走下去，就能走向日治時代遺留下來的神社。

那裡，怕是山神的居住之地吧。

我重整思緒。

「巴魯匝庫。」

「怎麼了？」

「我有個問題想要問你。」

「有問題？」巴魯匝庫趴在地板上，懶洋洋地翻身，「先給我來杯冰的飲料再說，記得倒在碗裡。」

「飲料？」

我面露意外。玉溪群山的野豬守護神，居然懂手搖杯？

巴魯匝庫擺出不耐煩的表情。

「怎麼了？我不能喝嗎？每次進玉溪鎮，都看得到你們人類手上拿著加冰塊的飲料，看起來好像很好喝。」

「嗯，正好我有一杯……」

我拍拍牠的肚子，站起來走向室內，從冰箱裡拿出原先要給林梟的珍珠奶茶。呵，林梟，別怪我，是妳自己又飛出去啦。

我把珍珠奶茶倒在了一個大碗內，捧出去放在巴魯匝庫的前面。

「就是這個？」牠面露狐疑。

「很好喝的。」

我拿起自己那杯喝了起來。

巴魯匝庫先伸出舌頭舔了舔，隨後越喝越大口，露出滿足的表情。牠真的是一個情感坦率的野豬。

這可能是牠第一次喝奶茶。要是不一般的存在與玉溪鎮上的居民能都像我們這樣和平相處，成為朋友就好了。

兩個世界終究需要橋樑，而這座橋樑，不能永遠都是調停人與妖怪料亭。

巴魯匝庫喝到一半，凝視了奶茶幾秒，就像是想留下好吃的食物晚一點再吃，牠往後躺在夏日沿廊上。

近乎傍晚，今天卻看不到夕陽。

微涼的風吹拂著我們，在炎炎夏日感受微風，十分舒服。

「呀，林隱逸。」

「嗯，我在。」

「你想問我什麼？」

「是關於海底鬼市的交易人……提出的交易。」

「我就知道。」

「你也在場，也聽到了吧？我們想召喚比翼鳥。」

「比翼鳥……林隱逸，你知道比翼鳥對於玉溪鎮的意義吧？你不知道，姚家小女孩也該知道。七年前那個颱風帶來的海嘯重創了小鎮，比翼鳥往往伴隨著海嘯現身……你知道嗎？」

「我知道。」

我點點頭。

正是所謂災惡的化身，不祥的存在。

我決定切入主題，「巴魯，我們是想交易能召喚比翼鳥的號角。要是透過號角召喚，就不會有莫名其妙的海嘯了吧？」

「理論上是這樣。」

巴魯給出肯定的答案。

對不一般的存在、那個世界的知識，巴魯的知識量不一定會輸給號稱千年神祕的紫綬帶——林梟。

「姚家小女孩怎麼說？」

「交易人給出的條件，是姚令瑄放棄法術天賦……或是以她的頭髮、真名與血作為交易條件。這怎麼可能接受？」

「呵，這就是海底黑市的作風。」

巴魯匝庫毫不意外地哼了一聲，我倒是聽到了有趣的東西。

「海底黑市？」

「是啊，那裡給出的定價都很黑。你聽過等價交換吧，那裡是對心有所求之人最不公平的市集。」

「……」

「能召喚出比翼鳥的號角，這種東西都屬於傳說級別了。更不用說姚令瑄是玉溪鎮的調停人，對方肯定想敲她一筆。」

「巴魯，我們有其他方法嗎？」

我誠懇地問。

巴魯翻過身，在夏日沿廊上站起來。牠凝視遠方的群山，那逐漸消失於夜色中，徹底隔絕於人類視野裡的玉溪群山。

那座山裡，到底還有多少神祕？

「林隱逸，比翼鳥不是生活在玉溪群山的存在，正確來說，也沒有人知道牠平常生活在哪裡，我們找不到牠。」

「嗯……」

「但是，你可以自己去問問看交易人，看對方會提什麼條件給你——這是一個方法。」

「我也去鬼市的意思？」

「對，你可以帶我去。」

我微微閉上眼，思忖了幾秒。

姚令瑄是有執著、有責任、有使命感的人，她肩扛著許多東西，很多東西對她而言都很重要。

但我不是。自從七年前開始，原本默默無名的父母一夕爆紅，從此展開在世界巡迴演出的旅途，我失去了家人，生活也漸漸改變。

我越努力成果就越差，付出一切，卻輸給什麼努力也沒做，單純靠運氣的對手。宛若上天在跟我開玩笑，刻意讓我對生活認輸，失去一切目標。要不是我在這個夏天回到老家，遇到了姚令瑄、知道了妖怪料亭，我還真不知道我還有什麼能失去的。

心意已定，我點點頭。

「巴魯。」

「想好了嗎？」

「明天就去吧。我們去台灣的西南邊，前往海底鬼市的那座懸崖跟交易人見個面。」

「好，沒問題。」

「今晚你就睡在這裡吧，就不用來回了。但是不能睡林梟的窩，不然她回來，你們又要大戰一場了。」

「我睡在沿廊上就好，這裡的木板給我一股山裡的感覺。」

巴魯悠哉地說完，又喝起剩下的奶茶。

夜幕徹底降臨。從沿廊往外看出去，只能看見一片漆黑的風景。

流水聲依舊，偶爾還有幾聲蟲鳴。夜晚的玉溪鎮比平日的小鎮更寧靜而和平。

一陣倦意湧起，因討論告一段落，一時放鬆了，巴魯在沿廊趴著打瞌睡。有這隻玉溪群山的守護神在，我也無需把拉門關起，就這樣開著門，任憑微風穿透到室內。

真的很涼快。

——要是交易人提出的條件也讓我陷入兩難呢？

這點，我早已無暇顧及。

╲

隔天早晨，約莫九點多，我慢條斯理地從塌塌米上的床墊爬起。好久沒有睡到自然醒，這一陣子實在太多事了。

走到沿廊用手搖醒巴魯後，我們簡單地在家裡吃了早餐。

「走啦？」

「走吧。」

一切準備就緒後，趁著太陽變大前，我們往玉溪車站而去。

上午的玉溪鎮，街道上只有三兩人群。

買好票，我們坐上開往台灣西南的列車。巴魯不需要票，只需要一個寵物籠，我把牠放在腿上，讓牠看著列車外呼嘯而過的風景。

「好快啊。」牠好奇地說。

我們的目標是澎湖列嶼。

是的，這是我與巴魯第二次去澎湖了。以玉溪鎮的位置來說，到澎湖非常遙遠，如果不是需要去鬼市，我這一輩子都未必會從玉溪鎮出發去澎湖。

因不久前才去過，這一次我們十分熟悉路程。在西海岸搭上船，感受著海浪帶來的波動，沒多久就到了澎湖。

第二次坐船的巴魯，已經不像第一次一樣暈船了，還能偷幾顆我手上的瓜子跟水果，自顧自地在船上啃起來。

「好吃嗎？」

「不得不說，人類種植的水果比山上的甜一點。」巴魯認真地評價。

澎湖碼頭。

正值暑假，是國內旅遊的旺季。不少學生也到澎湖旅遊，碼頭邊的人流不斷，都是排隊等待過海關的人。

我帶著巴魯，先在雜貨店買了一小包稻米，這是召喚海鳥的必要條件。接著我們在路口的車行包了一台車，行駛向濱海公路。

右側是深不可測的海洋，左側則是山壁。路旁兩側的風景從城市到村落，漸漸到了無人煙的郊外荒野。

一切都歷歷在目，直到看見一小塊突出的空地，突兀地出現在那裡。

那裡有一棵海棗樹。

上一次我們也是在這裡跟交易人——海底鬼市代表的海鳥做交易。

「這裡好眼熟啊。」

「因為我們到了。」我推開門，示意巴魯先下車，「走吧。」

司機停在路邊，我與巴魯一人一豬走向峭壁邊緣。

海風陣陣，捎來些許寒意。

「還要稍微等一下……」

等著黃昏。

黃昏時分是將人類世界與妖怪世界的界線最模糊化的時間點。

我與百年前以古畫封印住巴魯匝庫——玉溪群山的野豬守護神的長髮女人第一次見面，也是在黃昏時分。

我與巴魯匝庫對視一眼。相對於我的謹慎凝重，巴魯匝庫顯得輕鬆很多。牠找了塊石頭，悠哉地趴在上面。

「——嘎。」

一隻海鳥，從天而降。

天空染上淺淺的夕陽色彩。隨著海鳥降落，似乎變得更淡、更暗沉。牠降落在海棗樹的頂部，幾乎所有步驟都跟上次發生的事一模一樣。海底鬼市運作多年，早已形成完整的交易手續。

「……」

這次沒有姚令瑄，更沒有林梟，只能靠我自己。

我走上前，海鳥看了眼我手上的稻米，抬起頭：「你要去海底鬼市嗎？」

「對。」我接話，鎮定地回答。

「報上你的名字。」

「林隱逸。」

「……」海鳥低下頭，微微皺眉，像是在思考著什麼。幾秒後，他正色說道：「我沒有聽過這個名字，你不夠資格。凡人，你來自哪裡？」

「……」

我略顯無語。

凡人？真問號，我也會一點法術，身邊還帶著巴魯匝庫，更跟某個千年神祕結識多年耶。

這傢伙，上一次聽到姚令瑄自報家名就完全沒問題，這一次聽到我報名字居然完全沒聽過我。

我無奈地回應：「我來自玉溪鎮。」

「師從何人？」

「桃老爺爺。」

「……」那隻高傲的海鳥又露出不解的神情，看似又沒聽過了。但這次牠不再沉默，冷冷地說：「我只聽過姚老爺爺這個敬稱。那是玉溪鎮的調停人家族中，法術造詣最強、結識最多妖怪與神靈的調停人。」

「……」

「你口中的桃老爺爺，不認識。」

「……好。」

「雖然你講的我都沒聽過。」海鳥甩甩頭，以淡淡不屑的口吻說：「不過林隱逸，你身邊那位是具有一定年代的傳說。雖然到了今日，知道牠的人已了了無幾……」

——咚咚。

巴魯匝庫用前腳踢了踢石頭。

海鳥看了牠一眼，「但牠依然是介於傳說與神話之間的存在。因此，你有資格與海底鬼市交易。」

「嗯，我知道了。」

在我耳裡，那句話無疑是你有資格進入海底黑市被我們坑一把。

海鳥抖抖翅膀。

「你所尋求之物是什麼？」

「我在尋找能召喚比翼鳥的號角。」

「好，稍等我一下。」

與上一次發生的事一樣，海鳥往漸漸變得灰濛的天空一飛，飛到高空後以極快的速度俯衝——筆直地衝向澎湖外海的海面。

猶似流星，筆直地墜入外海。

再看一次依然很震撼。我一愣一愣地看著波濤洶湧的海浪。

巴魯的聲音忽然飄來。

「不用想太多，林隱逸。」

「嗯……」

「真的不行，我們就直接殺進去海底鬼市。」

「殺進去？」

巴魯匝庫突然提出了衝動的建議。

我怎麼覺得巴魯跟海底鬼市有過過節？還是說，這是玩笑而已？但是，根據我與巴魯這些日子的相處，我明確地感受到巴魯一絲的怒意……牠真的可能想殺進去。

牠對鬼市的態度跟林梟差別很大。

「巴魯。」

「說。」

「你上次來，感覺對鬼市沒什麼意見啊？」

「上一次是姚家小女孩對海底鬼市有所求。她需要交易，需要完成交換。不管我跟海底鬼市再怎麼有過節，都不能影響到姚家小女孩。」

她已經夠辛苦了。巴魯略帶心疼地補了一句。

聽起來，以前巴魯匝庫似乎跟海底鬼市也有一段故事。當我暗自思考原因時，海鳥嘹亮的叫聲穿透了海面與海風。

等我回過頭，牠已站在海棗樹上。

「凡人啊。」

「我叫林隱逸。」

「凡人啊，我已經知道了持有召喚比翼鳥號角的商家報價。」

「……我叫林隱逸，好嗎？」

我又說了一遍。

海鳥稍作停頓，瞥了我一眼，續道：「商家的報價，我需要對你解釋，畢竟我們是公平的交易市集。前幾天有其他人也對召喚比翼鳥的號角有興趣，所以報價比較高。」

「是什麼？」我直入主題。

屏住氣息，心裡忐忑不安。

「林隱逸先生，經過我剛才的詢問，與對你身分的進一步了解——你確實不是凡人。」

「……嗯。」

我垂下了眼。這句話背後的意義，實在過於複雜。

海鳥續道：「海底鬼市開出的報價是，你身邊那位來自現今少數還保有魔法的極北之地，神祕中的神祕，那位存在上千年的紫綬帶——的一根羽毛。」

「你們連這種情報都查得到……」

我有點不敢置信。

雖然我與林梟結識已久，但直到今年夏天踏入玉溪鎮的老家前，我沒有接觸過多少那個世界的事物。林梟更是來無影去無蹤，我想不到有誰能追蹤到她。

「海底鬼市無所不知。」

海鳥略顯驕傲地展開翅膀。

隨著天色變暗，直面海風的這裡也變得好冷，我忍不住摟住雙手手臂。

「我不懂，你們想要林梟的羽毛幹嘛？」

「這跟你沒關係。」

「你知道原因嗎？」

「我不知道。」海鳥面無表情地說。

「……」

對於海鳥斬釘截鐵地拒絕，我並不意外。我低頭看向巴魯，只見牠正不太開心地瞪著海鳥，「巴魯，你怎麼看？」

「當然不行啊。」

「為什麼？」

「林隱逸，神祕存在的實力取決於有多少人知道她。林梟跟金蟬那種需要靠人祭祀的靈體不同，紫綬帶是真實存在的生物。你把林梟的羽毛交出去，誰知道這根羽毛會在多少人手上流轉？」

「……」

「讓上百人、上千人，甚至上萬人看過後，林梟的實力就不再是千年神祕了。」巴魯努努嘴，「最慘的狀況，就是變成一隻長壽的紫綬帶。」

「那絕對不行。」

不管出於任何理由，我都不能傷害林梟。

我無法想像總是自負為千年神祕，在法術實力上一騎絕塵的林梟失去了強大的實力，要如何自處？她的個性一定無法接受這件事，我也不應該把她的羽毛當作交易物——那是她的東西。

我堅定地搖搖頭。

「不行。」

「……」

「你有沒有其他條件？我記得，有時候海底鬼市的條件不止一個吧？」

「很遺憾，只有一個。」

「為什麼？」

換上了官方的冷淡口吻，海鳥說：「林隱逸先生，您的人生目前還不是完全掌握在您手裡。又或者，更仔細一點地說，您的人生即使掌握在您手裡，也依然無法作為交易籌碼。」

他的話，重重地搥在我的胸口。

「為什麼？」

「您的人生，您無法交易。」

「……」

心跳忽然加快，我用手按住胸口，深深地呼吸。

他的意思，我無法掌握我的人生……難道是，不屬於我嗎？

海鳥的說法，似乎與隱藏在內心深處的某一個猜測彼此呼應，所有謎團慢慢開始連在一起。但現在的我無力深思、無力猜測，更無力推敲。

我往前踏了一步，追問道：「人生？這是為什麼？」

「……」

「……為什麼我連我自己的人生都無法作主？」

「無可奉告。」

「海鳥，你是海底鬼市的交易人是吧？告訴我啊！」

「林隱逸先生，你得先解決自身的問題，我們才能談論基於你這個人的交易。無論是真名、人生、運勢，現在你都不能拿來交易。」

為什麼？

我像用雙手宣洩怒氣般對半空一揮，大吼道：「**那些本來就是我的東西啊！**」

我的怒吼穿透不了海風，但已引起了海鳥的不滿與不耐煩。

「等您解決了，或是決定拿紫綬帶的羽毛給我了，我們再來談，謝謝。」

海鳥振翅而起。

海風陣陣，太陽西沉，氣溫在無意間變得好冷好冷。

——您的本命與人生，目前還不是完全掌握在你手裡。您的人生，即使掌握在你手裡，也依然無法作為交易籌碼。

「這到底是……什麼鬼話……」

由於身在毫無人煙之地，附近一帶毫無燈光與照明，只有遠處的路燈傳來一點暗橘色的光芒。

微弱的燈光點亮了這裡。

巴魯走到我身邊。我往前一跪，無力地倒在地上。

我的人生不屬於我。

我的未來不屬於我。

我的真名不屬於我。

我的運勢不屬於我。

關於我自身的一切，都無法作為交易籌碼，因為那些東西都不是我的。

「那……到底是誰的東西？」

我用手搥向地面。

一次又一次地搥著，直到傳來明確的痛楚才讓我稍微清醒。

不是我的東西，但現在顯然是我的東西，所以，本來是其他人的東西嗎？

我幾乎可以斷言，七年前的颱風夜，一切的一切，都是從那一天開始變化的。難道就是那一天，我的人生徹徹底底地改變了，而我，是唯一不知道發生了什麼的人嗎？

玉溪鎮的前任調停人——姚令瑄的父母在那一天被神隱。

妖怪、靈體、守護神、神，這些不一般的存在與人類世界中的衝突——都是由妖怪料亭的調停人負責處理，難道，這也跟他們有關係？

「……」

再想下去也無濟於事，我的四肢已經因寒冷而略顯僵硬，司機也等我們夠久了。

「嗳，巴魯。」

「呀？」

「我們先回碼頭附近的旅館住一晚，其他的明天再說吧？」

「好。」巴魯點點頭，略顯擔心地望著我，「林隱逸，沒事吧？」

「一開始聽到有點震撼……也超無力，畢竟，那隻海鳥說我的人生不是我的，有誰能接受這種事呢？」

「你不用想太多。」

「嗯……」

「我以玉溪群山的守護神之名發誓——你現在的人生，真名還有本名，都牢牢地綁定在你身上，我看得到。」

聽到巴魯堅定的說法，我稍稍放了心。

我們並肩走回車上。

司機叼著菸，本來想問些什麼，但後來沒有開口，只是溫和地說聲：「事情辦完了吧？那走嘍。」

「走吧，麻煩你了。」

我與巴魯匝庫就這樣踏上回程。

當晚，我們在澎湖碼頭的附近找了間能眺望海洋的旅館住了一晚。

澎湖的風情與玉溪鎮類似，都是濱海的地方，但生活節奏是玉溪鎮更慢一點。

可能因為三面環山、單面臨海更加與世隔絕的原因，玉溪鎮的民風更加純樸。鄰里間那種熱絡的交流，現在也沒有多少地方能看見了。

今天夠累了，我洗了個熱水澡，讓身體放鬆。

巴魯匝庫則窩在柔軟的大床上，用厚厚的棉被蓋住了自己。

「這裡的棉被怎麼這麼軟喔！」牠發出享受的叫聲。

「當然軟了，這是秋冬用的厚棉被。我們在玉溪鎮上的老家，塌塌米大廳裡用的是夏天的被子，比較薄。」

「原來是這樣……太睏啦，我要睡了。」

「嗯，晚安。」

我特地拉開了窗簾，面向大海的窗戶外頭正好能看見星辰。

這裡的光害程度非常低。一邊凝視著夜空，我用最後一點精力思考要是林梟在這裡，她會怎麼做。會直接跟海鳥背後的海底鬼市開戰嗎？還是說冒著神祕不再的風險，交出羽毛呢？

意識模糊的我，進入了夢鄉。

2

不可交付的神祕

M O N O N O K E R Y O T E I

現實為夢，夜夢為真。

再次醒轉，身在草地。

我用雙手撐住地面，慢慢站起。

一座再熟悉不過的石亭杵立在眼前。那些白色的石頭久經風霜，顯然經過了時光長河的洗禮。石亭的周圍是一小塊青草地，翠綠混合著墨綠交織生長，位處人跡罕見的大自然，於某個深山野嶺之間，別有洞天。

「水木洞天……」

再次入夢了，有一段時間沒有來這裡了啊。

一縷煙，一支枴杖。

略顯駝背的桃老爺爺在石亭的石階旁對我揮了揮手。

桃老爺爺。

姚老爺爺。

這無疑只是一個再簡單不過的變字而已，以水木洞天的形式。

我走向石亭。

一縷青煙繞著茶。那是每次我到這裡一定會喝的東西，這長達七年的歲月中，桃老爺爺一直在教導我法術。

是，他就是我會法術的原因。

「午安，桃老爺爺。」

「好久不見啦……你怎麼看起來心事重重啊？」

「咦？以前沒有嗎？」

「以前你也有。」桃老爺爺和藹地笑道，「坐吧，喝點茶。」

「好。」

我跟桃老爺爺一起在石亭內坐下。

水木洞天內非常涼爽。前有小溪，遠方有一道小瀑布，水流讓這裡的氣溫四季涼快。

「這次的茶是台灣鐵觀音。口感很溫潤，嚐嚐。」

「嗯……好喝。」

啜了一口熱茶。

前韻清新、後韻轉甜的口感，一直是高山茶給我的印象。

桃老爺爺先開口：「林隱逸，你跟我學法術……多久了？」

「大概七年了。」

「都七年了，那你能使用的法術也不少了。」

「嗯，學會了一點。」

「就是只差實戰了。你的天賦還可以，畢竟出生在玉溪鎮這樣的地方，對所謂不一般的世界，像是玉溪鎮與鎮上的妖怪，你也見怪不怪了吧？」

「……是。」

稍稍回想，不管是老書生、金蟬，還是製風龜與會說話的狐狸，甚至是我身邊的紫綬帶與野豬，無意間，我早已習慣了。

桃老爺爺慢慢地喝了口茶，不疾不徐，又好似眷戀著每一分秒。

「像玉溪鎮這樣妖怪與人類共處的古老小鎮——僅在台灣還有八個。不是每一個小鎮都有妖怪料亭、世代傳承的調停人。唉，這也是人類與妖怪，一般與不一般至今仍衝突不斷，互相不理解對方的原因。」

「……明白。」

「話說回來吧。時間不多了，山上那位要生氣了。」桃老爺爺抬起頭，

「你是不是猜到我是誰了？」

「唔，隱約有猜到了。」

「哦？有意思，那我是誰？」

「您不姓桃，而是姓姚，您是姚令瑄的爺爺。」

「……哈哈哈哈哈。」

桃老爺爺先是一愣，隨後大笑出聲，久久不能停下。

好一陣子後，他悠然開口：「我的確是令瑄兒的爺爺。」

「真的是啊？」

「當然了，不然你以為誰會閒閒沒事，來教外人法術呢？」

「您也是姚家歷史上，公認法術造詣最高、結識最多妖怪與神靈，在

玉溪群山與玉溪鎮為妖怪與人類建下堅固橋樑的調停人。」

「……」

隨著我把海鳥說的話傳達出來，姚老爺爺忽然陷入沉默，看向了遠方的群山。

這裡是水木洞天，是桃老爺爺獨自創建的獨立空間——獨立於時空之外，處於永恆的靜止之間，早已不在世上的他，仍生活在這裡。

既在這裡，也不在這裡。

姚老爺爺喝了一口茶，嘆道：「原來現在的世界，對我的評價是這樣啊……」

「是很好的評價啊。」

「是好，我只是非常感慨而已。」姚老爺爺稍作停頓，「林隱逸，你知道我為什麼要對你隱藏真實的身分嗎？」

「……我有想過。」

「說吧。」

「主要是想對一直在觀察我的**那位存在**隱瞞你是姚家的調停人先祖，

並且一直跟我往來、教我法術——所以才選在這裡。」

「這裡既存在，也不存在。既在這裡，也不在這裡。看來，林隱逸你真的記得我教過你的話了。」

姚老爺爺坦然一笑，他拄著枴杖，緩緩站起身。石亭裡，那盞茶仍飄著熱煙。

他一步步走出石亭，仰起頭，眺望整座水木洞天，彷彿將自己逐漸融入這個世界運行的頻率。

「生在這裡，活在這裡。」姚老爺爺說。

我跟著他走出石亭，站在翠綠的青草地上。頭頂上的天空十分乾淨，幾片雲朵悄悄遮掩了太陽。

「林隱逸，我已經沒有什麼能教你了。」

「嗯。」

不用姚老爺爺多說，我也能感覺到。

在這次盛夏再次踏入玉溪鎮的老家前，姚老爺爺就很少再教我新法術了，每一次見面倒像是閒聊。

關於不一般的世界。

「這一次喝茶，你的心事不少。」

「嗯……真的。」

「說來聽聽。我們還有點時間，在山裡那位察覺到之前，你想知道什麼，我都能跟你說。」

「我跟你的孫女姚令瑄，一直在追查七年前颱風夜的真相。」

「這個啊，飛鳥有跟我說。」

「我們解決了一些玉溪鎮上的妖怪委託，也因此有一些知道到底發生了什麼的人透露了線索給我們……」

像是不惜冒著被消失風險的陳老奶奶，像是老書生，又甚至是巴魯匝庫。

姚老爺爺邊聽邊點頭，面露愉快的笑容。

我繼續說：「隨著知道的越來越多，現在我跟她都感覺得到。跟山……

算了，要是一直避開祂的名諱，反而助長了祂的神祕。玉溪群山的守護神——山神有絕對關係吧？」

我氣勢堅決地直入主題，不再隱瞞。

應該說，我真他媽受夠了。憑什麼祂能影響那麼多人的人生，而像我們這樣的凡人就只能任由宰割，甚至還要對祂保持敬意，使用敬稱？

出乎意料地，姚老爺爺滿意地看著我。

「我們確實沒必要再隱去祂的名字——然而，我之所以隱去，不是因為怕祂，而是因為尊重祂。」

「祂有什麼好尊重的呢？」

「這個，你以後就會知道了。」

「……嗯。」

姚老爺爺換上了饒富趣味的口吻，「不過林隱逸，你跟我乖孫女調查的進度……比我想像的快好多。」

「把範圍縮小在玉溪群山中能把姚家調停人神隱的存在，屈指可數。

這件事從一開始，嫌疑人就很少很少了。」

只是我們從來沒有將目標放在守護玉溪的山神上而已。

現在回想起來，林梟有一次飛入玉溪群山，全身是傷地飛了回來，還在老家的塌塌米大廳休息了好一陣子療傷，可能也是跟山神的勢力起了衝突吧？不然，還有誰能重傷她？

姚老爺爺望了眼遠方。

「林隱逸，你現在想問的是什麼呢？」

「我們在尋找比翼鳥時遇到了困難。」

「哦？你們目前找到了什麼？」

「有個號角能召喚比翼鳥，所以我們去了海底鬼市一趟。」

「呵呵，那個地方居然還存在啊！」姚老爺爺聽聞有點詫異，「我一直覺得過了這麼久，早就有人把那裡的魑魅魍魎趕走了。」

事實上並沒有。有需求，就有交易，就有商人，就有市集，我想海底鬼市永遠都會存在。

我快步返回石亭，帶回一杯茶，喝了一口。

「那裡有人持有能召喚比翼鳥的號角。但是，交易人給出的條件……是姚令瑄的真名、血跟頭髮，不然就是要她放棄法術天賦。」

「無論哪個都不可能呢。」

「是啊。」我無奈地說道：「姚老爺爺，我想問問——請問您知道召喚比翼鳥的其他方式嗎？」

「比翼鳥是傳說中的生物，只在海嘯襲來時現身。」

「我知道，但為什麼？」

「為什麼？因為比翼鳥不住在陸地上啊。平常牠更習慣在深海裡深眠，只有被震醒的時候，才會飛回陸地，尋找食物飽餐一頓。」

「……原來，原來是這樣。」

「呵，這個知識還是好久以前，我在玉溪深山裡跟某個茶精聊天時，他偷偷告訴我的，就連玉溪考據上都沒有寫出這個。」

「……我懂了。」

我恍然大悟。

海嘯，由海底地震而生，正因為比翼鳥平常住在深海之中，只有地震能喚醒牠，讓牠飛向陸地。

比翼鳥是極其稀有，難得一見的存在，在玉溪考據中還特地標明了是極其稀罕的傳說生物。

「海嘯……地震……」

我猛然想到巴魯匝庫。如果要地震能喚醒牠，那讓巴魯匝庫對海底釋放地震似乎可行。

姚老爺爺彷彿讀懂了我，他淡淡地搖頭。

「要是讓巴魯匝庫使出地震、召喚比翼鳥，一定會有地方受到牽連。即使地震不是針對玉溪鎮，但玉溪鎮也會被地震影響到。沒有人知道不正常的地震會不會引起——真正的連鎖大地震。」

「後果難以預料……」

「對，所以你要做的不是這個，你自己也去了趟鬼市吧？」

姚老爺爺發問，我點點頭。

「嗯，我正在澎湖。」但我也在這裡。

「他們跟你要什麼條件呢？」

「林梟的羽毛。」

「哦？你身邊的那位……我都不知道該怎麼描述的神祕嗎？真好奇。海底鬼市對她的羽毛價值判斷那麼高，意思是僅僅是她的神祕性就價值千金……」

姚老爺爺低頭深思。

水木洞天內的氣溫漸漸轉涼，風也變大了，肉眼可見的迷霧從遠方飄過來。

姚老爺爺想了一陣子，抬起頭正準備說話時，卻看見了迷霧。他一句話都不提，用枴杖對遠方一揮。

迷霧退散。

「什麼東西，也敢在這裡撒野。」他放下了枴杖，「林隱逸，海底鬼市不是什麼好東西。那裡超過一百年了，依靠不公平的交易、非等價交換影響了很多人，對他們這樣的地方，不必客氣也不必顧慮。」

「……嗯。」

「記得你第一次來這裡，問到水木洞天的時候嗎？」

光影流轉而至。

光芒透射而來。

我想起多年前，運氣正筆直往下墜落，連帶著我的人生一直墜落至永無止境的深淵。就是那年的某天夜裡，我來到了水木洞天，認識了桃老爺爺。

那時候，他還是桃老爺爺。

『這裡是哪裡？』

『你既在這裡，也不在這裡。』

『現在幾點了？』

『現實為夢，夜夢為真。』

『你是誰？』

『我是來教你法術的人——可以叫我桃老爺爺。』

這麼多年，他略顯佝僂的身影、拄著的實木枴杖、下巴那抹蒼白的鬍鬚與石亭裡永遠泡著的茶都沒有變過。

姚老爺爺平和地說道：

「林隱逸，海鳥索要的是紫綬帶的羽毛……而已吧？」

「是啊。」

「那你知道要怎麼做了嗎？」

「我知道了。神祕建立在無人知曉之上，也建立在無人談論之上。林梟這種來自極北之地的千年神祕，又有誰曾碰過她呢？」

「看來你懂我意思了。」

來，喝茶！

姚老爺爺領著我，一起走回石亭。

一縷熱煙飄散，走回石亭，我才意識到除了石亭這附近，外圍的樹林與小溪、遠方的瀑布、更遠方的群山，都已經被濃重的雲霧隱藏。

那些迷霧，來者不善。

姚老爺爺舉起茶杯，我心裡卻還有最後一個問題。

「姚老爺爺！我還有一個問題！」

「快說。」

「山神能被擊敗嗎？」

「當然能。我教你這麼久，就是希望你不要問這個問題。」

姚老爺爺再次舉起茶杯，堅定地看著我。

久經風霜的臉龐十分堅毅，看得出來他年輕時肯定經歷了許多的故事，也受過無數次傷。

「喝茶！」

「嗯，好……」

這可能是最後一次了。想到這裡，我忍不住有點感傷。

再怎麼美好的故事，都會有結束的一天。我也舉起茶杯，跟著老師——

姚老爺爺喝了最後一杯茶。

茶剛入口，我就意識到遠方的水木洞天開始崩潰。

迷霧湧入了石亭，遠方的世界開始星飛瓦解。

姚老爺爺的臉龐也逐漸模糊。

「後會有期了，對我孫女兒好一點。」

「林隱逸，也對你自己好一點。」

「好、好！」

我對著迷霧大吼，期盼姚老爺爺能聽到，直到再也看不見任何東西。

眼前一黑，我也離開了姚老爺爺獨創的微型世界——水木洞天。

「——呼！」

幾乎是同時，我在澎湖的旅館內驚醒。

我從床上一蹦而起。呼，我用手摸了摸臉蛋，殘留著一點汗。喝點水吧，讓肌肉放鬆一下，冷靜下來。

這是我第一次離開水木洞天後立刻驚醒，跟以前不一樣。

我走到窗戶邊，群星高掛，遠方的大海依然被黑夜籠罩著。

我把窗簾拉上，再次回到床上。

『不要對海底鬼市客氣、顧慮。』

耳畔，姚老爺爺的叮嚀言猶在耳。

我知道怎麼做了。

／

洞天——源自於世人在亂世時，對棲身之處的期待，近似樂園。

大部分的洞天都大同小異，青山綠水、群山環繞，空氣清新、氣溫涼爽，彷彿獨立於喧囂之外，處於永恆的靜止之間。

桃老爺爺所創造的微型世界——水木洞天，是最高等級的洞天，常人不可及。

隔天，一覺睡到自然醒。

我再次買了一包稻米，也買了一些必須的材料，像是上好的宣紙、水彩用具，隨後跟著巴魯匝庫一起包了車，前往那座懸崖。

已經是第三次來了，我們仍然不知道懸崖的名字。

「呀，林隱逸。」

「嗯？」

「這麼早來，你想幹嘛啊？」

「……」

「而且你想好要怎麼解決了嗎？林梟的羽毛，你還沒有拿到吧？」

「我早就有了。」

「真的？」

「是啊。林梟為了讓我能即時呼喚她，早就給了我一根羽毛。」我漫不經心地說：「只是，我昨天並不打算給海鳥而已。」

「昨天？」

巴魯往後退了一步。

明明是平靜的午後，澎湖列嶼的海風忽然變大了。

我難掩無力。

巴魯微微結巴地說：「林隱逸，你不會打算要把林梟姊姊的羽毛交出去吧？」

「你怎麼叫她姊姊了？」

「看來你是不清楚她的強大與神祕。她存在的時間比我還久，我敬稱她為姊姊也沒什麼。不要轉移話題，你要把羽毛交出去？」

「……我不想。」

「但你要交出去吧？」

「如果事情沒有轉機，那我也只能交出林梟的羽毛了。」

「這種事你真的做得出來啊！」

巴魯大驚，往前一撞，用力地頂了我一下，差一點把我頂倒在地上。

「你幹嘛啦？」

「我就跟你說了，林梟的強大建立在她的神祕之上。」

「我知道。」

「她可是貨真價實的千年神祕！你還打算把象徵她神祕性的羽毛交出去，她那麼信任你！」

「你以為我想嗎！」

「不管不管，你不能這樣做！」

「巴魯……」我蹲下身，用手輕拍牠的頭頂，「相信我。」

幾乎在顫抖的巴魯死死瞪著我，好一會兒才平靜下來。

「你要是真的背叛了林梟，我就會離開。」

「我知道。」

「不管你了，隨便你怎麼搞吧。」

巴魯的前腳一踢，轉身一蹦一蹦地回到旁邊的巨石上。

呼……結束了，現在該來做點準備工作了。

我拿出畫板與水彩筆，挑了一個能完整看到懸崖與海面的位置，坐下。

接下來我的工作只有一個——

以水彩畫，復刻一遍眼前的風景。

將眼前延伸至懸崖的荒蕪道路、直下海面的懸崖、波濤洶湧且一望無際的澎湖外海……直到遠方的水平面。

就如同暑假伊始，我來到老家後，閒閒沒事時也會畫畫，留下玉溪鎮的風情。

一個人。

一支筆。

我極為快速地完成草稿，並開始上色。投入創作的時間越長、越專注，就越容易忘記現實世界的時間。

畫畫，還是我最熟悉的一件事啊。

等我終於完成最後一筆勾勒時，看了一下手機，已是下午四點多。我身子往後一靠，拉遠距離望著宣紙。

——澎湖列嶼的無名懸崖。

上一次完成作品是多久以前的事呢？一時間也想不起來了。

「好像還行。」

我微微一笑。

小心翼翼地把畫板放下，我轉身收拾起畫具。

巴魯匝庫卻在這時跑了過來。

牠先端詳了一會兒，發出嘖嘖嘖的聲音。

「呀，林隱逸。」

「嗯？」

「你畫得很逼真耶，你以前學過畫畫嗎？看不出來啊。」

「我是學過……但不是在一般世界裡學的。」

「咦？」

「姚老爺爺……他教我最多的就是畫畫。以筆墨，刻下一世界。」

說完，我才發現自己是以追憶似的語氣說道。

是啊，今生不一定能再見到姚老爺爺了吧。

他所創造的微型世界——水木洞天是最高等級的洞天，永遠不會受到時空長河的影響。

即使姚老爺爺早已去世，他的身影卻仍在水木洞天裡長存多年。創造洞天，是他窮盡一生研習的法術，自然也教了我不少。

巴魯皺起眉頭。

「呀，林隱逸。就算是你，也不可能吃飽太閒在這邊畫畫……說，你在準備什麼？」

「在這裡，不能說。」

我看了巴魯一眼，壓低了聲音。

「……」

巴魯雙眼睜大，心領神會地頷首。

牠悠悠哉哉地回到巨石上，在走回去的同時，不忘用四隻腳在沙地上留下痕跡。

以痕跡，畫出距離。

我從背包裡拿出一個畫框，並在畫框裡注滿了水——是來自澎湖列嶼外海的海水。

這個法術要盡可能使用來自當地的材料，會更為逼真。

「呼……」

我微微閉上眼，腦海裡閃過姚老爺爺當年的示範。

那是多年前的往事了。

以筆墨，刻下一世界。

我屏住氣息，雙手平捏宣紙的兩側——確認畫裡有畫上一根羽毛，靜待手穩定後，我將畫作沉入了畫框。

澎湖列嶼的海水溢過了宣紙，將畫作包裹在水中央。

一秒。

兩秒。

三秒。

我手腕一抖，宣紙上經過特殊處理的顏料與宣紙徹底分開。那些或碧藍或蔚藍，那些墨綠與青草綠，那些淺淺米色與深褐色繪製的無名懸崖風景躍出了宣紙，躍出了封印。

成為了不可質疑的現實。

「……成功了。」我後知後覺地說。

天啊，這個法術姚老爺爺教了我很久，但這是我第一次成功施展。

我往後踉蹌了一步，驚喜地望向巴魯匝庫。

玉溪群山的野豬守護神以一副震驚的表情盯著懸崖的方向。牠似乎完全想不到我會這麼做，顯得非常意外。

「這是……洞天？」

「嗯，洞天的一種形式。」

「所謂洞天幾乎就是再創世界，林隱逸，你的法術實力有這麼強嗎……」

「大概沒有，我實戰很弱的。」

金蟬來襲時，我基本上一無是處。

我老實說，巴魯卻懷疑地望著我。

「不，太奇怪了。上一次你使出投石問路，我就覺得很奇怪了，而且你還能看到長髮女人……一般人誰注意得到。」

「……」

「你這傢伙，不會是在裝弱吧？」巴魯很有興趣地問道。

「你想太多了。」

我默默搖頭。

我只是學習的法術比較廣。因師從姚老爺爺的原因，也會一些只有他才會的神奇法術。

我再次凝視著懸崖，並用腳踏了踏地面。

地面傳來堅實的觸感。

嗯，我們確實已身在這裡，卻又不在這裡了。

我走到懸崖上的海棗樹邊，從海棗樹上摘下剛才畫在這裡的紫綬帶長羽。不得不說，紫綬帶的羽毛觸感真的很好，柔順且輕盈。
重整思緒。
「巴魯。」
「咦？」
「現在你看得懂了吧。」
「懂是懂了，就是以虛物換實物，是吧？」
巴魯露出難得的邪惡笑容。
生活在深山裡的牠在這之前，還是樸實、天真的啊。
我攤攤手，手上的長羽隨之一晃。
「是。對待鬼市這種長期剝削、欺壓一般人的地方，我們不用客氣。」
「你需要我做什麼嗎？」
「他們翻臉的話，保護我。」
「這倒是沒問題。」
巴魯很爽快地做出承諾。

「那就等夕陽來啦。」

剛以極快的速度畫完懸崖，又施展了洞天法術的我，精力已經到了極限，迫切地需要休息。

我往後退到大石頭邊，靠著大石瞇起了雙眼。

在夕陽到來前，我就這樣休息著。

＼

——嘎。

————嘎。

嘎——

三聲不和諧的尖叫聲，劃破了海浪與風聲的和聲。

是海鳥吧？夕陽來了？

我從淺眠裡轉醒。

還沒有睜開眼，就感受到了夕陽帶來的燦爛千陽正照耀在我身上，一絲暖意驅散了海風的冰冷。

我定眼一看，是海鳥。

牠正高臨下地看著我們，還是那副微帶不屑的神情。

「嘿，巴魯！」

我連忙搖搖同樣睡死的巴魯匝庫。為什麼剛剛沒有請牠叫我醒來呢？因為我知道巴魯匝庫一定會睡死，叫牠也沒有用。

巴魯悠悠醒轉。

我從口袋裡掏出一小包稻米，必恭必敬地送上前。

海鳥伸出一隻腳，勾住了稻米，之後揮揮翅膀，示意我後退。

「凡人啊。」

「……」

「你們是為了召喚比翼鳥的號角而來吧？」

「是的。」

「之前已經給過你們交易人的條件了，林……」

海鳥突兀地嘎然而止，牠也不想低下頭，只是思考了幾秒依然沒有結果。

「呃，不好意思。」

「……」

「我叫林隱逸。」

海鳥再次抬起頭，「林隱逸啊，給過你的條件，是要你身邊那隻紫綬帶的羽毛。你，帶來了嗎？」

「帶來了。」

「在哪裡？」

海鳥尖銳的視線投下。

我從胸口前方的口袋，拿出了紫色長羽。

神祕的氣息環繞，並為握有它的人帶來一絲清冷之感，光是看到這一枚羽毛就知道價值連城。

我往前踏了一步。

「一手交錢，一手交貨。」

「……」

「你已經看到來自極北之地的千年神祕——紫綬帶的羽毛了，只能遠遠看，我不可能近距離給你看，這是毫無疑問的千年神祕。」

「……合理。」

「在我看到號角前，我是不會讓你接近這枚羽毛的。」

「明白。」

海鳥不再爭辯。牠想了幾秒，旋即揚起翅膀。

「凡人啊，請在此處稍等。」

海鳥一拍翅膀，一股清風拂過我的身邊。

下一秒，海鳥已直上天空，並再次以肉眼難以跟上的速度墜入澎湖列嶼外海。

我們迎面而立。

巴魯就在我身邊。

七月的海風，依然很冷。

「巴魯。」

「呀？」

「等到我們召喚了比翼鳥，牠真的把七年前的真相都說出來後……」

「然後呢？」

「要是幕後黑手、背後操控這一切的人，真的是祂呢？」

「你追尋的是什麼？」

「……」

我一時無語，不知道該回什麼。

巴魯嘆道：

「說不出來也沒關係。自從你來到玉溪，一開始還能置身事外，但後來你已經決定幫助姚家小女孩了吧。」

「嗯，我是想幫姚令瑄一把，不只是幫她，也是幫我自己。」

「因為你也恨——那個改變你一生的人。」巴魯醞釀似的稍作停頓，

「那答案不是很清楚了嗎？你一定會跟姚令瑄一起行動。」

「……」

「哪怕是與整個玉溪群山為敵，我看姚家那小女孩……都會硬拚到底。

至於你嘛，雖然成事不足，但還是會跟著她一起。」

「……我知道了。」

就算巴魯說得輕描淡寫，彷彿這不是什麼大事，但我心裡依然懸著，

手指也傳來一陣陣麻意與冰冷。

到時候一定會迎來一場大戰吧。這次可不是什麼普通妖怪、失落已久

的邪靈了……而是真正的守護神。

————嘎。

嘎——

嘎嘎嘎嘎嘎————

三聲高亢的鳥叫傳來。

擁有如深海一般漆黑羽毛的海鳥，張大了翅膀，精準地降落在海棗樹上。

牠的個頭仔細一看，確實不小。

「凡人啊。」

「……」

「上前來吧，凡人。我帶回了交易人的比翼鳥號角，只要你檢查過沒問題，我們即可完成交易。」

「……巴魯，跟我走。」

我握緊了林梟的羽毛。

巴魯跟在我身邊，一步步上前。

走到海棗樹眼前，海鳥將號角交到我的手上。

那是羚羊角做成的號角。通體偏長，呈現墨灰色，上面有無數道傷痕，僅僅接過，就好像接過了一個時代一般沉重，上面有一道模糊的象形文字——看起來像極了一隻巨鳥。

我蹲在地上，給巴魯看。

幾秒過後，牠點點頭。

「嗯，這是真貨，跟我好幾十年前看到的一樣。」

「好。」

我重新站起身，手握林梟的紫色長羽，抿住嘴唇，吸了口氣。故作一副陷入無力卻又理所當然的愧疚，深刻的無奈卻又不得不為的模樣。

我在心裡暗想，對不起了，林梟。

海鳥把焦點放到我身上，朗聲道：

「凡人啊，對我們的交易可還有疑問？」

「沒了。快點搞定吧，免得林梟飛過來。」

「好。」

海鳥伸出爪子。

我故作情緒陷入波動，掙扎著是否要把羽毛交出去……交，還是不交。胸口激烈地起伏著，幾乎失聲。

最後我心裡一橫，把長羽交給了海鳥，等於親手將我身邊的千年神祕的神祕性，交給了外人。

海鳥端詳了羽毛幾秒，滿意地嘎了幾聲。

「……」

那是當然的了。

這個洞天是由我親手繪製、打造、塑型，那根羽毛的範本，更是來自林梟本人的羽毛。

既是紫綬帶長羽，也不是紫綬帶長羽。

海鳥的爪子抓起比翼鳥號角，往前、往前、往前……

快點，快把號角給我啊！

我的內心十分激動，一直在衡量什麼時候伸手去奪，但海鳥帶給我的威壓讓我一直不敢下手。

海鳥的動作越來越慢，最後戛然而止。

牠收回了比翼鳥號角。

「不對。」

「……」

「這根羽毛是來自世界頂級的神祕，為什麼我在這一帶感受不到任何一絲神祕的氣息？難道，這根羽毛是假的……」

海鳥惡狠狠地瞪向我，並揚起翅膀，對我與巴魯所在的位置揚起颶風——

洞天，就此星飛瓦解。

颶風向我們吹來。

我的眼前忽然一片灰暗，被揚起的沙子影響了視線。強烈的風，更是如冰冷的雨水般，攻擊著我。

洞天是源自於世人在亂世時，對棲身之處的期待，近似樂園。

大部分的洞天都大同小異，青山綠水、群山環繞，空氣清新、氣溫涼爽，彷彿獨立於喧囂之外，處於永恆的靜止之間。

做得好的洞天與凡世無異，一般人根本無法分別。

要掌握一個地方的水文、人文、地理、歷史，只要接近當地的人文脈絡，就能讓創造出來的洞天與當地愈趨一致。

姚老爺爺絕對是最熟悉玉溪鎮與玉溪群山的人。故而，他所創造的水木洞天幾乎與玉溪群山給人們的感覺一致。

彷彿身在那裡，卻又不在那裡。

洞天可以讓一個物品無限接近真實，但是，神祕性無法復刻。

我能以筆墨刻出一世界，但刻不出千年神祕。

傾力繪製的澎湖列嶼無名懸崖確實已經是一個成功無比的洞天了，卻還是因為紫綬帶的長羽，被意識到異常。

棲息於海底鬼市百年的海鳥揚起巨翅，掃出的颶風摧毀了洞天。

雷霆之怒。

橫掃一切。

洞天的一切就此星飛瓦解，連那張宣紙，都被摧毀成無數張碎紙。

海鳥站在海棗樹後，但整個身影變得碩大無比。

這可能才是牠的真身。

「……」

我被颶風向後吹去，無力反抗。那麼短的時間，我無法施展任何法術。

只能倒在地上，一時無法動彈。

身子好痛，甚至有股異樣的疲倦感。

那陣風很不一般。

完了，林梟不在這裡，加上這裡是澎湖列嶼，嚴格說起來是屬於海底鬼市的勢力範圍……

我勉力在地上撐起上半身。

「呀，林隱逸，小心。」

玉溪群山的守護神——巴魯匝庫，毅然決然地站在我眼前。牠搖了搖那一對可愛的小獠牙，瞪著海鳥。

一雙小蹄子，具有強大的威脅。

兩邊的氣勢不分伯仲。

這讓我內心一寒，對方一點也不懼怕巴魯匝庫，這表示海鳥與海底鬼市的實力是真的高深莫測。

海鳥尖銳的叫聲傳出。

「凡人啊，你居然敢使用凡人的雕蟲小技，欺騙海底鬼市。」

「……」

「沒有人敢騙海底鬼市。」

「……你們提那種鬼條件，誰能答應？黑心、黑市！」

「雙方均答應交易，才會完成交易，我們是很公平的市集。」海鳥厲聲說道：「凡人啊，你到底想不想完成交易？」

「我想要號角！」

「話說在前頭，依照行規，你們試圖詐欺我們海底鬼市，必須付出更高的條件才能獲得號角。但海底鬼市奉行多年的規則是交易條件不會變，只要今天能完成交易，我們海底鬼市願意包容你這種凡人。」

「開口閉口凡人，你有完沒完？」

我沒好氣地回嘴。

自以為是的海鳥一樣被我的洞天矇過了雙眼。要不是神祕性無法複製……唉，太可惜了，離我的計畫成功就只剩下一步之遙，差一點就騙過牠了。

我扶著巴魯的身子，緩緩站起來。

我穩住一晃一晃的身子，深呼吸，邊想著還有什麼方法。

打是打不過的。

海鳥要是再一次揚起颶風，無力招架的我恐怕會徹底失去意識。但，比翼鳥號角也一定要今天拿到……拖到明天，按照海鳥所說的規則，代價又要調漲了。

「……」

我深深嘆口氣。

無計可施並不悲哀，真正悲哀的是，發現到自己無計可施的那一刻，依然不想接受這個事實。

林梟的神祕性。

姚令瑄的人生。

誰輕誰重？

這本是件不該比較、不該評斷的事，如今卻變成了一個必須要做的比較。

「對不起了，林梟……」

就算交出羽毛，神祕只有身為神祕才有價值。

我相信，依照海底鬼市的精明程度……他們不會輕易展示紫綬帶長羽，所以對林梟的生活影響並不大。

……大概。

「巴魯，讓我過去。」

「你確定？」

「我確定。」

我一步步吃力地走向海鳥，走到海鳥身前時，因精力耗盡，跪坐在地上。

我伸手從口袋裡掏出真正的紫綬帶長羽。

這裡不是洞天，而是現實世界。

「這、這……這是林梟的羽毛。」

「……」

「拿過去吧。然後，把號角給我！你們不就想要她的羽毛嗎？拿去啊！」

「……」

海鳥猶豫了一下，伸出爪子。

我真的能交出紫綬帶長羽嗎？

我真的要背叛林梟嗎？

嗚，那隻總是窩在被窩裡、特別喜歡喝咖啡，還總是挑高級豆子的紫綬帶伴我多久了啊？

好久好久了。

「……不，我不能給你。」

在交出紫綬帶前一秒，心有轉變的我一咬牙——折斷了羽毛。

富有千年神祕氣息的紫綬帶長羽被我親手折斷。

「——————嘎！」

海鳥因再次被我戲弄，進入盛怒的狀態，高亢的叫聲逼得我伸手摀住雙耳。

「呀，林隱逸！」

巴魯往我奔來，臉上盡是慌張。

誰也沒料到我最後會折斷羽毛。

包括我自己。

林梟，對我來說實在太重要了……

海鳥的巨翅遮蔽了半空。

海浪也變得狂暴。

「區區凡人，連名字都不配讓我記得，就連掌握自身命運的權力都沒有……像你這種雜碎，居然敢三番兩次挑釁海底鬼市。我在此宣布取消交易——」

「……」

「——我要你去死。」

海鳥躍下海棗樹，強大的威壓把我重重壓下地面，我連手指都無法移動。

天啊，這到底是多大的法術差距。

「去死吧！」

海鳥的巨嘴鎖定我後憤怒地啄下——

巴魯的前蹄再也管不了那麼多，懸在半空、對地面踏去——

「夠了。」

清冷的聲音微帶著慍怒。

是她。

一股柑橘混合堅果的香氣，帶著突兀卻又理所當然的冰冷氣息，以不疾不徐的速度進入了戰場。

雖然是微風。

雖然悄無聲息。

卻輕易地壓過了海鳥引起的颷風，鎮住了強大的威壓。

無名懸崖旁劍弩拔張的氣氛被輕輕勾去，一頭烏黑的短巧馬尾綁在腦後，耳畔兩側修飾臉蛋的髮絲因風凌亂，但一點也不影響那股別緻的氣質。

林梟站在我身邊，單手略過耳畔，不甚耐煩地說：

「還沒死吧。」

「……還活著。」

「等你回去，我再好好教訓你。」

林梟舉起長腿，用腳尖踢了我一下。

我反而心安了。

因為林梟到了。

說起來，透過她的羽毛……她本來就能感知到我。

林梟抬起頭，直勾勾地注視海鳥，眉宇間盡是不屑。

海鳥聚攏翅膀，似乎因林梟感到震懾。牠也不敢再停在我身邊，向後慢慢走了幾步。

林梟淡然說道：

「你就是要我一根羽毛是吧?拿去，反正你們也不會給其他人看。」

「……」

「拿去啊。」

林梟動作俐落地從背後摘下一根羽毛，也不客氣，直接往海鳥身上射去。

海鳥接了下來，正準備說些什麼……卻被林梟懸在半空的手制止了。

——不要多說了。

「號角，給我們。」

「妳……妳就是那個凡人身邊不可敘述的神祕？今日能看到妳，也算是值得了。」

海鳥非常客氣。

「可是我沒有很想看你。」

「這個……」

林梟還噴了一聲，讓我差一點笑出來。

她這種惡劣的個性，以旁觀者來看真的很有趣。

她像是提問又像質疑一般說：

「海底鬼市是什麼開始允許有所求之人，使用不屬於自己的事物作為交易條件了？你們的原則呢？」

「近年因應人心變化，我們順應市場開放而已。」

「那你們變得更惡劣了。」

「別這麼說。妳若有所求時，也歡迎上門跟我們交易。海底鬼市，歡迎所有客人與不一般的存在……」

「ZZZ，號角拿來，我不屑跟你們多說。」

林梟走上前，微微上揚卻刻意展現收斂的下顎，讓她的輕鬆自若與發自內心的不屑更加昭然若揭。

她伸出手，勾了勾食指。

海鳥這次交出了號角。

林梟看了幾眼比翼鳥號角，不想多說什麼的她，用舌頭發出彈舌音。

「走了，林隱逸。」

「……好。」

「那邊那個巴魯匝庫，你變小時，重量應該減輕了吧？」

「是喲，現在的我很輕。」

「行，我帶你們一起走吧。」

林梟扶著我一路走到懸崖邊，她看也不屑再看海鳥一眼，右手拉著我，左手拉著巴魯，俯身一躍——

我們躍入了半空。

林梟的真身——千年神祕的紫綬帶現身了。

好久未見了。

那是一隻偌大的巨鳥，腹部是純淨的白，靛紫色與深紫色漸層的背部，最特別的鈷藍色眼圈，長長的可愛褐尾。

我與巴魯都靠在林梟的背上。

她的羽毛極其柔順柔軟，靠在上頭非常舒服。

在視線極暗的空中，林梟發出輕輕哼叫，頂著澎湖外海的狂風在空中展開飛行。

所有的狂風在靠近她時消逝不見了。彷彿觸碰到了什麼結界，那些風雨一點也無法影響到我們。

過關了。

終於可以放鬆了。

呀哈哈。

儘管十分疲倦，我還是忍不住輕抓著林梟的羽毛，大笑了起來。

成功取得召喚比翼鳥的號角啦！

「哈哈哈哈哈，林梟，我們成功了。」

「嗯，居然被你僥倖猜中了。」

「在那樣的情況下，海鳥根本不可能再次檢查妳的羽毛……而且妳就在牠眼前，神祕的氣息非常濃厚。即使牠檢查，八成也看不出來。」

「我演得也很逼真吧。」

林梟微驕傲地說。

我深感認同地點頭。

「是的，非常逼真，海鳥被妳完全騙過去了。」

堪稱影后的紫綬帶。

「慢著，你們兩個人在說啥！」

只有巴魯完全沒有進入狀況。牠絲毫不能理解，正乾巴巴地望著我，希望我能告訴牠。

我用手拍了拍牠的頭。

雖然巴魯不知道，但正因巴魯不知情的最自然反應，讓整個過程的張力與可信程度更高了。

「林梟，現在可以說了吧？」

「行。」

「我們還在澎湖附近，海鳥跟海底鬼市不會追上來嗎？」

「憑他們，追不上我。」林梟理所當然地回答。

「那他們最後會追去玉溪鎮嗎？」

我謹慎地問。

偌大的紫綬帶繼續往前方的群山飛去。

「不可能。玉溪鎮是台灣最後的神祕之地之一，玉溪鎮與玉溪群山周邊有無數遠古時代遺留至今的結界、咒術、障眼，精心保護玉溪。

我可以告訴你。心無邪念的人類偶爾可以闖進玉溪鎮，但會對玉溪鎮上的居民帶來危害，或是明顯具有惡意的存在……根本無法踏進玉溪鎮一步。」

林梟一口氣跟我解釋完。

我好像終於懂了，為什麼直至今日，玉溪鎮上的居民仍然那麼少，也沒有多少旅客造訪玉溪鎮。

與世隔絕，終有原因。

巴魯用身子撞了撞我。

「快說快說！林隱逸，呀！」

「好啦好啦……」

這件事要從頭說起。

先將時間倒轉回今日午後，前往無名懸崖之前，我在做最後的準備。

首先，我打了通電話給林梟。

『喂？』

「喂？是我。林梟，妳現在有空嗎？」

『算有吧。』

「我跟巴魯匝庫現在在澎湖……」

『——啊？你還真的去海底鬼市了？』

「不然呢？我不可能讓姚令瑄真的犧牲自己。」

『她的選擇也未必是犧牲，你太早下定論了。』林梟沉默了一會兒，『說吧，你要我做什麼？』

「妳先來澎湖一趟，我們見面再談。」

『行，我去看一下風向。』拉門移動的聲音傳來，林梟續道：『算順風，等我一小時，馬上到。』

「好，我在碼頭附近。」

一個小時後，甚至不到一小時，林梟來了。

我在碼頭附近一個能眺望碼頭的水岸。坐在岸邊的一塊石頭上，無聊地看著海與不遠的碼頭。

碼頭上的人流川流不息，這裡卻沒有多少人經過。

天空是十分清澈的藍，白雲都不見幾朵。

一道紫色的幻影，自遠方的天際現身。神祕無比的紫色混著純淨白色的幻影，因速度極快，留下長長的影子。身為紫綬帶的林梟，本來就擁有極長的尾巴。

眼力極好的她，發現了我。

林梟先是在半空化為人形，修長而纖細的長腿一晃，先單腳輕踏了海面，雙腳接連在海面上點出幾道水紋，最終停在我身邊的位置。

林梟看向遠方的碼頭，露出了頗有興致的神情。

「嗯，要跟我說什麼？」

「我跟海底鬼市談過了，他們想要妳的羽毛。」

「哦？」

林梟微微一驚。

她左傾脖子，問道：「然後呢？你打算把我給你的羽毛給他們？」

「怎麼可能。」

我站起身，雙手插進口袋。

雖然說起來有點青澀，但這是我最真實的想法。

林梟相伴我最久。無論如何，我都不可能交出林梟的羽毛。不能背叛的人，只有付出一切、毫無保留相信你的人。林梟信任我，我又怎麼可能背刺林梟呢？

我平靜地說：

「林梟，我打算先創造洞天——在洞天裡跟海鳥碰面，並把假的羽毛交給牠。」

「聽起來有點風險……但你打算欺騙海底鬼市是吧？」

「是的。」

我堅定地回答。

不只是姚老爺爺提醒過我的話，就連巴魯匝庫，大概都在與海底鬼市的交流中吃過虧吧。那樣的黑市，終究要有人出手整治。

林梟故作俏皮地喔了一聲。

她漫步到我身邊，饒富趣味地注視著我。

「然後呢?」

「如果海鳥沒有發現,那就沒事了,我們直接飛回玉溪鎮就好。」我話鋒一轉,「但要是海鳥發現了,就得換妳出場了。」

「喔……聽起來很有意思。來,跟我說得更詳細點。」

林梟把耳朵靠近我。

我附在她耳邊,把計畫一五一十地告訴她。

「這是個賭注。」她說。但很有興趣。

「……」

「有機會過關。而且,就算過不了關,問題也不大。他們打不過我跟巴魯匝庫。」

「所以值得一試。」

林梟想了想,輕快地嗯了一聲。

這是我唯一想得到能在不影響姚令瑄、林梟的前提下,成功取得羽毛的方法。

得到林梟的認可，計畫也算是成功了一半。

「是說，林隱逸，你居然連洞天都會嗎？」

「姚老爺爺教我很久了。」

「那可不是什麼一般的法術啊。」林梟有些意外地嘆道，隨後帥氣地揮揮手，「無妨，照你的計畫做吧。」

——這就是半天前發生的事。

3

烏青色與赤紅色

M O N O N O K E R Y O T E I

女孩的心願很簡單，她希望，所有人都可以透過努力，獲得幸福。

這句話，其實也不是女孩獨創的，是源自她的雙親。

自從七年前她的父母一夜消失之後，女孩一肩扛起了妖怪料亭——調停人的工作，為了就是讓她認識的妖怪與人們都能幸福。

溫柔、勤奮、努力、善良，最後總歸成美好。美好到讓人擔心，她會不會被這個不溫柔的世界傷害。

她攬下重責大任，習慣逞強，彷彿不逞強、不固執就不是她了。

為什麼？

因為她從小在玉溪鎮長大，喝著冰涼的山泉水、吃著田裡的冰鎮小黃瓜，還曾在山林裡看過龍貓。

她喜歡這裡啊。

在這裡，很開心。

自從七年前，她的父母一夜神隱，沒有人繼續調停神靈、妖怪、人類間的衝突，衝突與矛盾理所當然地出現了。

對於人類生活的區域影響不大，只是山難死了幾個人，還有幾個人在不知不覺中慘遭神隱。

但對於十分了解玉溪鎮，也曾走入玉溪深山裡的她，她發現鳥變少了、最要好的海豚不來了，狐狸也少了。

她很難過，於是她下定了決心。

她想要守護這裡，讓她自己跟她知道名字的人，都可以幸福地在這座小鎮活著。不知不覺間，她的肩膀上已經承受了太重的東西。

直到，她遇到了他。

同樣在七年前，命運就此被開玩笑似的改寫了的那個男孩。

後知後覺地，她發現了——

她終於有人可以依靠了。

相信只要努力的話，就可以獲得幸福。

從澎湖列嶼一路飛回位於台灣東邊的玉溪鎮。

林梟飛行的速度很快，這趟旅程，讓我再次確信了這點。

一路順風飛行，雲下的城鎮一晃而過。要是我在地面上，也只能看到一道神祕的紫色幻影吧。

不知道海底鬼市有沒有發現。反正，他們就算發現了也追不上我們。

「呀，喲！太快啦，慢一點、慢一點！」

「……」

相比我的克制，巴魯就忍不住了，這傢伙可能很怕高吧。

巴魯可愛的短小四肢略顯僵硬，一臉蒼白，林梟倒是出言調戲了。

「嗯？你怕我們飛這麼高嗎？」

「唔……」

「怕的話就說怕了，我可以飛慢一點、低一點喔。」

「嗚……」巴魯一咬牙，「不怕、不怕，誰跟妳怕了。」

「哦？那我要來個華麗的翻身飛行了喔！」

「——不，不要啊！」

「……」

一路上，化身紫綬帶的林梟不斷調戲膽小的巴魯，兩人有說有笑、鬥嘴，很快就到了玉溪鎮上空。

「噯，林隱逸。」

「嗯？」

「我們要去哪裡？」

「直接去妖怪料亭吧。我想快一點跟姚令瑄說拿到號角的事，免得她又傻傻地跑去海底鬼市。」

「行。」

林梟一個點頭，降低了高度，開始滑翔。

我拿緊收在懷底的羚羊角號角，最後降落到了妖怪料亭前方。

看上去有些斑駁、陳舊，以木頭打造的兩層樓平房。門前的小空地種植了些許竹子。竹子似乎是長枝竹，細長的枝幹上方垂下的竹葉傳來清雅的氣息。

門口掛著一幅橫式的招牌，寫上了料亭兩個字。這就是鎮上的料亭——也是我們口中的妖怪料亭。

時值夜晚。

料亭點上了溫暖橙色燈箱，還有暖色燈籠，更添加了溫馨感。

我推開日式的拉門，走了進去。已化身為人型的林梟正悠哉地綁著馬尾，巴魯一點也不掩飾肚子餓的聲音。

推開大門，歡迎光臨的聲音傳來。

姚令瑄獨自站在吧檯後方，親切地說道。

茶青色的長髮在燈光下顯得低調內斂，卻又獨一無二。她正捲起雙手的袖子，露出纖細的手腕切著什麼。

她面露慌張。

「咦？你們怎麼一起來了？」

「因為，我們剛剛才一起從澎湖回來。」

「澎湖？什麼！」姚令瑄上半身往前探，「你們不會又去海底鬼市了吧？為什麼？不是說好我自己會處理嗎？」

「妳不再需要一肩扛起所有責任了。」

我說，並在吧檯前拉開椅子。

「嗯，姚家的小女孩……以後妳要承擔的責任還很多，現在妳可以偶爾先休息一下。」

林梟似笑非笑地補了一句。

她也拉開了椅子，坐在我身邊。

在姚令瑄的注視下，林梟倒了一杯冰麥茶給我。

……忽然，有股微妙的感覺。

我正要釐清這股感覺從何處而來，卻被跳上另一張座位的巴魯打斷了。

「有啥好吃的！」

「……」

「肉！我要肉！」

「……沒問題。」姚令瑄回過神，莞爾笑道：「今天晚上我準備了壽喜燒……是用我特別調製的醬汁做的喔。」

「好！」

姚令瑄把碗盤都遞給我們，同時幫我們準備小火鍋。

看她一個人手忙腳亂，我連忙起身幫她。

「姚令瑄，不然把鍋子移去比較大的四人桌吧？」

「喔，可以啊。」

「這個鍋子我來端就好。」

「碗跟筷子我拿。」林梟插了一句。

「那我去把妖怪料亭的門關起來……今晚，就是給你們包場了。」姚令瑄難掩開心，輕快地蹦向門邊。

她將門簾拉下，並把門鎖了起來。

「……好香啊。」

儘管還沒有開始涮肉，但壽喜燒的香氣飄散在空間裡。

環顧四方。

裝潢簡單偏溫馨，氣質清雅的妖怪料亭，室內正點著暗橙色的燈光，四角也有同樣色系的燈箱。

一股暖心的感覺湧現。

也難怪這麼多人、這麼多妖怪喜歡把時間浪費在這裡。

姚令瑄先端來了四盤肉片，都是她剛剛在吧檯後方切的肉片。都是上好的溫體牛，牛的各種部位。

壽喜燒的大鍋已放在桌子中央，我們四個人圍著火鍋，開始吃起來。熱氣騰騰。

在夏日的夜晚，能像這樣聚在一起吃壽喜燒是一件很快樂的事。姚令瑄特製的醬汁讓整盤料理的味道再次昇華。

牛肉也十分柔嫩，嚐起來幾乎不用咀嚼就能吞下。

吃到一半，姚令瑄才像是想起了什麼，好奇地提問道：「所以你們已經拿到了召喚比翼鳥的號角啊？」

「是啊。」

「在哪裡在哪裡？我想看。」

我把羚羊角做成的細長號角拿出來，放在桌上。

號角下方有個古怪的鳥型符號。

姚令瑄注視著號角，半晌後說道：「明天早上，我們一起去海邊召喚比翼鳥吧。」

「嗯。」

「這下我們離七年前的真相……只剩下最後一步了。」

「重點是，知道後的下一步。」我謹慎地拿捏著用詞。

「不管對方是誰，我都會討個說法。」姚令瑄堅決地望著我，笑道：

「現在我們就吃飯吧，不聊啦！」

「對啊，快吃快吃，不吃我就要全部吃掉啦！」

巴魯啃著盤子裡的肉，顯然吃得很滿意。

離終點越來越接近，心裡的忐忑不安，也越來越強烈。

那一夜，好難入眠。

＼

隔天一早，天才剛亮，我就被姚令瑄打來的電話吵醒。

「醒來啦。」

「好，等會兒見。」

我推開塌塌米大廳的拉門。

第一道晨曦，正好映入了眼簾。

空氣清新無比，呼吸幾口，就讓整個身子活了過來。放眼望去，整座小鎮還處於睡眠狀態。

路上不見人影，定睛一看，甚至能看見沿廊外小草上的露珠。

我回到大廳，叫醒林梟與巴魯。

該出發了。

我們特地約了比較早的時間，到了玉溪鎮外一處比較少人經過的海灘。

時間甚早的緣故，一路上通往海灘都沒有看見任何人。

「到了。」

在海灘上，我看見了任憑長髮隨風飄逸，穿著連身碎花長裙的姚令瑄。

她正以憂傷又複雜的表情凝視著海面。

深藍色的海面。

她的雙手自然地垂在大腿旁，就只是那樣站在那裡。

「早安，我們來了。」

「……早安。」

姚令瑄對我們揮揮手。

聚在一起後，她朗聲道：「據玉溪鎮上的老人們所說，每次比翼鳥出現，必定會伴隨著海嘯或洪水。但是，使用號角召喚的話，比翼鳥不會帶來災難，號角就是為此而生的。」

「嗯。」

根據姚老爺爺所說，比翼鳥平常住在深海。這支號角不知道是透過什麼原理，將比翼鳥與號角連結在一起。

我看了一眼林梟，又看了一眼巴魯。

「……」

「……」

他們都投來好整以暇、做好準備的表情。

姚令瑄靠近我。

「吹吧。」

「好。」

我拿起羚羊角做成的比翼鳥號角——這支號角不知道傳承了多少時光。我將號角靠近嘴邊，深深吸口氣，吹了起來。

——嗡。

悠然而低沉的聲音從號角流洩。

隨著號角聲持續，神奇的事情發生了。

海洋的頻率似乎與比翼鳥號角逐漸對在一起，變成了一個海洋和聲。

海浪拍打岸邊的聲音、海浪緩緩退去、翻湧、呼嘯而過的陣陣海風……

甚至不時出現的海鳥叫聲。

玉溪外海的聲音漸漸與比翼鳥號角揉合在一起。

我持續吹奏著。

說是吹奏，更像是對號角灌著氣，讓號角持續發出響亮的聲音。

我瞥了一眼林梟。

她正雙手抱胸，氣定神閒地望著海面。

姚令瑄呢？

她單手壓在耳畔的髮絲，清澈的雙眼隱含了一絲緊張。

海浪向後退去。

正確來說，是湧向沙岸的海浪漸漸地只能湧到一半就緩緩退去，玉溪外海顯然正在發生著我們不知道的事。

忽然，地面隱約傳來震動。

那是一種來自地下深處——或者深海傳來的波動。

雖然微小，但確實有。

「喲，有東西來了。」

巴魯踩著沙岸，提醒著我。

像是巨鯨躍上海面，噴出高高的水柱一般，一隻似鳥非鳥的生物自海面以極快的速度躍出。

牽引了無數海水。

無數道長度到達半空的水柱此起彼落地湧現，好壯觀。

那一定就是傳說中的比翼鳥了。

「……」

我屏住氣息。

一股神祕與悠遠的時代帶來的威壓，逼得我往後退了一步，直到林梟以單手托住我的腰。

她一往前踏步，所有迎面而來的狂風與水滴紛紛消散，彷彿自帶結界。

烏青色。

那是美麗的烏青色。

飛鳥停留在半空，發出近似悲鳴的呼喊後往我們所在之地降下。

等到牠出現在海灘上，我們終於能看清牠的外表——

傳說中的比翼鳥只有一目一翼，必須有雌雄兩隻鳥相互協助才能飛行。

據說比翼鳥一出現，就會引來海嘯，是災難的象徵。

眼前這隻比翼鳥，與傳說中的外觀一致，只有一目一翼。

有點難想像這樣要怎麼飛行，但我也早已明白，不一般的存在、傳說中的生物本就是無視世間法則的存在。

「這就是比翼鳥……」

「嗯，青色的比翼鳥……」姚令瑄接過話，「七年前那隻出現在玉溪鎮的比翼鳥，就是這隻。但當時，還有另外一隻比翼鳥在。」

比翼雙飛。

一雄一雌的牠們，只有相互協助才能飛行，才能生活。

一目一翼的烏青色比翼鳥，緩緩開口：

「你們……是誰？」

我與林梟對視，再與姚令瑄對視。

最終是姚令瑄站了出來。

「我是玉溪鎮當代調停人，也是妖怪料亭的掌門人。」

「妳……妳是現在的調停人啊？」

比翼鳥站在沙岸上。

牠的那隻眼睛不太信任地瞇起，再緩緩打開。

「那妳旁邊這兩位呢？哦？還有一隻野豬……這野豬，好像有點來頭。」

巴魯哼了一聲，衝向前方。

「我是巴魯匝庫——玉溪群山的野豬守護神。」

「果然。難怪覺得你有點眼熟，原來是山上的野豬，我們應該見過幾次面。」

「很久以前啦。」

「我記得，一百年前你就消失了啊。」

比翼鳥似乎與巴魯打過交道，兩人正不冷不熱地聊天。

「我只是被封印了。」巴魯搖搖頭，「是林隱逸……就是他，在古畫裡找到了我。」

那是在春林堂。

與其說是我找到了古畫，不如說是古畫找到了我。

當時我的手一碰觸到古畫，就感受到古畫傳來的震動，加上葉穿雲也鼓勵我買下那幅畫，就買了下來。

比翼鳥的單眼望向我。

「再說一次，你的名字是？」

「我叫做林隱逸。」

「什麼？」

「林隱逸。」

「……」

比翼鳥陷入莫名的沉默，別開視線，不再看我。

這個突如其來的轉變，誰都覺得有問題。

「怎麼了嗎？」

「沒事。」比翼鳥展開單翼，朗聲問道：「你們召喚我過來，是為了什麼呢？」

「你知道七年前的颱風夜吧？」

「……」

比翼鳥臉色一變。

姚令瑄立刻向前，以較近的距離看著比翼鳥。

她那雙無辜天真的雙瞳幾乎可以說服世間萬物。

「比翼鳥。」

「……」

「我們費了好一番功夫，解決了好多好多委託，最後才找到你。」

從幫唐老爺爺送糖葫蘆給陳老奶奶開始，到幫助老書生解決金蟬的問題，再到海底鬼市，以洞天術加上林梟的神級演技，成功騙到比翼鳥號角。

這一趟確實不容易。

姚令瑄是妖怪料亭的調停人，最擅長與妖怪溝通，甚至可以說，她是最理解妖怪的人類之一。

此時的她，正以極近的距離和比翼鳥說著話，更將柔軟的手搭到比翼鳥的頭邊。

親和力。

真誠。

姚令瑄真的很擅長與妖怪往來。

她以具有感染性的聲線說道：

「七年前的颱風夜那天，我的爸爸媽媽——玉溪鎮的前任調停人，出門以後就再也沒有回來了。我問過玉溪鎮附近的妖怪，沒有人知道他們去了哪裡，就像徹底消失了——被神隱了。」

「……」

「颱風來的時候跟颱風過後的早上，都有人跟妖怪看到你出現在玉溪鎮周圍。但平常的你，根本不會來玉溪鎮。」

「……」

比翼鳥始終不願透露。

牠的神色十分無奈，也能說是嚴肅。

姚令瑄吸了吸鼻子，這次說話時都出現了鼻音。

「比翼鳥，你是我們最後的線索了。那一天，是誰叫你來鎮上的？你的現身必定會伴隨著海嘯，是誰叫你的啊？」

「我的出現不一定會伴隨海嘯，那是謠言。」

「是誰叫你來的？你來了，又是來做什麼呢？」

「我沒辦法回答。」

比翼鳥再次拒絕。

「快說啦。比翼鳥，都被召喚出來了，還嘴硬什麼？」巴魯也加入了。

「我不會說。」

牠看了眼玉溪群山的方向，準備揚翅起飛。

姚令瑄往後退了一步。

她沒有意願強留比翼鳥——即使她真的很想很想知道什麼，但她溫柔的個性讓她不會出手強留對方。

「我不能告訴你們，對你們來說，不知道比較好。」

比翼鳥像是勸誡似的說。

「那我要一輩子活在不明不白裡嗎？」

「如果那樣比較幸福，未嘗不好？」

「我不要！」

姚令瑄大喊，情緒失控地大喊。

比翼鳥嘆了口氣，揚起翅膀。

——「你飛不走的。待著。」

清冷又微帶不屑的聲音。理所當然地，帶有不容質疑的氣勢。

是林梟。

比翼鳥哼了一聲，打量了一下林梟，隨後展翅而飛。

「……」

我看傻了眼。

這是我頭一次看到有人敢在林梟面前這麼猖狂。

林梟咧開嘴，冷冷地笑了。

一縷清煙，林梟往半空優雅地一躍，在半空化為偌大的紫綬帶——追向比翼鳥。

紫色幻影再現。

速度幾乎是壓倒性的差距。

紫綬帶本身就是擅長千里遷徙的鳥類，更何況是林梟這種千年神祕，其實力與經驗，世間罕見。

僅僅幾秒鐘，偌大的紫綬帶就在半空中以爪子抓住了比翼鳥。心情不太好又被挑戰的林梟一點也不客氣……也不手軟。

她往下飛行了一會兒，在低空將比翼鳥重重摔向沙灘。

單目單翼的比翼鳥毫無招架之力，只能像被丟出的沙球撞向沙灘。

——砰！

一聲巨響，比翼鳥癱軟在沙灘上。

牠掙扎地站起，倒下了幾次才勉強站起來。

「……」

「……」

我們幾個人都無言以對。

巴魯也看得傻眼，這可能是牠第一次清楚看到林梟的實力。比翼鳥這般傳說級的生物，在慍怒的林梟前完全不是對手。

林梟化回人形。

她眉宇間透著怒氣，略顯高傲地俯視比翼鳥，自顧自地綁起短馬尾。

「我說了，你跑不掉。」

「妳、妳……妳又是何方神聖？玉溪鎮上，我從來沒有看過妳……」

「我叫林梟。」

「……」

「你最好給我永遠記得。」

林梟嘖了一聲，揮手示意我跟姚令瑄向前。

我與姚令瑄互看一眼，一起往前。

林梟又不耐煩地補了一句：

「你們兩個，我真的很受不了。比翼鳥是你們最後的線索，好不容易找到比翼鳥了，離真相只有一步之遙……你們兩個在畏畏縮縮什麼？」

「不、不好意思。」

我怯然地道歉。

「我沒有畏縮。」姚令瑄不卑不亢地回道。

碎花長裙搖擺，姚令瑄再次走到了比翼鳥跟前。

「比翼鳥……從你的話裡我聽得出來，你其實知道一些什麼，是因為某些顧慮，不想告訴我們吧。」

「……」

「而且，你還想保護我們。」姚令瑄低聲說。

保護我們？

比翼鳥嗎？

我們看到同一件事，但姚令瑄讀出了我未曾讀到的東西。

我大吃一驚的同時，只見比翼鳥固執地別開頭。

姚令瑄伸手輕撫比翼鳥，並蹲了下去。

「我是玉溪鎮的當代調停人，有製風龜跟小火狐跟著我。林隱逸也是懂法術的人，他身邊有玉溪群山的守護神——巴魯匝庫。更不用說，剛才把你從天空上找回來的那一位——林梟。」

「……林梟到底是什麼？」

「這……」

姚令瑄想了一下，不知道該如何回應，只能求救似的望著我。

我輕聲說道：「很複雜，總之就是個千年神祕。」

「千年……」

比翼鳥微微張大了嘴巴，也不知道是信還是不信。

信不信，其實都無妨。

姚令瑄坦率地說：

「我們有決心面對所有真相。七年前的颱風夜，到底發生了什麼？我們也有實力面對——所以，不用擔心我們的安全，就告訴我們吧！」

「…………」

長長的沉默。

海浪與風聲吞噬了一切。

一段時間後，比翼鳥才終於點點頭。

「妳的父母……是玉溪鎮歷代調停人中，最有勇氣的一對。如果是告訴他們的後代——告訴妳我所知道的一切，或許也行吧。」

「……」

「要我跟你們說出當年發生了什麼？可以，但我有一個委託。」

「什麼委託？」

「請你們幫我洗去莫須有的罪名，讓玉溪鎮上的居民不再恨我——我什麼都沒有做，只是被山上那位安排背了黑鍋。」

「山上那位……」

姚令瑄低聲重複。

我與林梟不約而同地看向山上。

玉溪群山的最高位守護神——山神。

現在就連比翼鳥，都把目標指向了山神。

「我也希望，玉溪這塊地，能記得我……我的出現不一定會伴隨著災難，最早我也是供奉在百獸祠裡的守護神啊。」

比翼鳥近乎失聲地喊道。

巴魯贊同地點點頭。同樣守護神的牠，似乎深感認同。

姚令瑄想了想，回道：

「我很能理解你的心情。如果七年前的颱風夜真的跟你沒關係，在我確認以後，我以妖怪料亭的名義擔保——會還你清白。」

「謝謝了。」

「至於你說的百獸祠……我記得那是在玉溪深山裡的祠堂，現在應該荒廢了。」姚令瑄呢喃著。

我連忙接過話題。

「呃，不久之前我去那裡找過巴魯……雖然沒有人會再去那裡了，但是百獸祠保存得還算完整。裡面還有很多雕像，都可以認得出來。」

沿著分隔玉溪鎮與玉溪群山的小河，一路溯溪往上。百獸祠附近有長滿野果的矮樹群，越過矮樹群，就能看見破舊的小屋頂與木製的柵欄。

還記得風聲迴盪在空幽的荒廢祠堂。

百步蛇、林鳥、烏龜、狐狸等雕像……就像是提醒著世人，牠們曾經存在在這裡。至今，也仍然存在。

雕像上長滿了青苔，與那座荒廢的金蟬廟類似。

時至今日，知道牠們、聽過牠們的人，大部分都已經離世了。

比翼鳥看著沙灘，猶豫片刻後問：「那……可以幫我們做個雕像，放進百獸祠裡面嗎？」

「……」

「我想讓這地方——記得我們。記得比翼鳥，曾存活在這裡。」

比翼鳥誠懇地說出願望。

姚令瑄的眼眶已然泛紅。

說話容易打動他人的人，往往也容易被感動。

她是感性的人啊。

「我答應你——我以妖怪料亭的名義擔保，處理完這些事，我一定會幫你做個雕像，放進百獸祠。」

「謝謝妳了。」

「不過，你口中一直說的我們……是誰？」

姚令瑄好奇地問。

比翼鳥再次低下頭。

巴魯慢慢地走近比翼鳥，淡然地說：「牠的另一半。」

「另一半？」

「嗯，遠方有比翼鳥，飛止飲啄，不相分離……死而復生，必在一處。」巴魯認真地說：「通常比翼鳥都是一對的。一個烏青色，一個赤紅色……是說，我以前也看過牠們一對一起出現過。」

不過是好久以前了——巴魯補了句。

隨著姚令瑄略帶擔心地望向比翼鳥，比翼鳥抬起頭，輕聲說：「我們可以邊走邊說嗎？我想去當年海嘯登陸的海岸看一看。」

「……好。」

「我沒問題，走吧。」

姚令瑄帶領著我們，比翼鳥緩緩飛在半空。

七年前的海嘯。

玉溪鎮的居民只記得七年前，小鎮迎來史上最大的颱風，所有路燈、電力都壞了，小鎮籠罩在漆黑中。

那一晚，當代的調停者就此消失。

海嘯登陸的地方摧毀了當時海邊的植被與道路，但那裡並沒有人居住，也因此沒有傷害到任何人。

是位於玉溪鎮的最邊緣地帶，一道有淺黃色沙子的海岸。

難以想像，玉溪鎮上居然還有這麼美麗的隱密沙灘。

沙岸很短，幾乎是個小小的灣口而已。在沙灘上步行，恐怕十分鐘內就能從頭走到尾。

「就是這裡。」

姚令瑄回過頭，對我們敞開雙手高喊道。

她一頭茶青色的長髮隨著風在半空中畫出美麗的弧度。海風襲來時，她更微微閉上雙眼。碎花長裙後方的繫帶隨著風，向後飄去。

此刻，大海與藍天就是為她而生的背景。

美得令人屏息。

迎著海風，比翼鳥站在沙岸上，望著遠方。

七年前的深夜，第一波海嘯就是在此登陸。

那可能不是什麼正常的海嘯，颱風也是，都不一定是一般自然界的產物。

無法用常理判斷。

「比翼鳥，我們已經到了。」

「嗯，我知道。」

比翼鳥輕輕地把身子趴在沙岸上。

牠特別挑了海浪拍打上岸時，能讓海浪蓋過自己的位置。

像是在追憶什麼似的停留在那裡。

「……」

心跳忽然加快。

離真相只差一步，即將知曉的雀躍感讓我難以平靜。

反觀姚令瑄，她則早已蹲坐在比翼鳥旁邊。

比翼鳥說道：

「七年前召喚我來的人，姚令瑄——就是妳的爸爸媽媽，也就是前任的妖怪料亭調停人。」

「……什麼！」

「前任調停人號召了大家，而跟他們有交情的我，響應了號召。」

「號召？我爸媽號召你們……去做什麼？」

「去挑戰權威。」

「……什麼權威？」

姚令瑄不敢置信地問，就連一向冷靜的林梟都微微蹙起眉毛。

要說玉溪鎮上有什麼權威，山神之名肯定名列其中。

海浪拍打上岸，淹沒了比翼鳥的身子，再緩緩退去。

我壓低了聲音。

「巴魯。」

「呀，怎麼了？」

「牠說的事，你聽說過嗎？」

「七年前我還在古畫裡面……」巴魯晃了晃腦袋，「不過，坦白說，等我出來時，有一些山裡的伙伴……都不見了。」

「不見了？」

「很像是被神隱了。」

「連你們這樣的守護神都能被神隱嗎？」我納悶地追問。

巴魯點點頭，「違背了規則就可能被神隱，不管身分是什麼。」

「好……」

我把注意力重新轉回比翼鳥。

比翼鳥繼續以真誠地口吻說：「都已經說到這裡了，我就不再有任何隱瞞了。七年前是當代調停人召集了大家——一起對抗山神。那個颱風夜，不，實際上原本沒有颱風……也沒有海嘯。」

「……」

「颱風與海嘯都只是為了限制人類出外，不讓人類看到不該看的東西。那一晚，本來是再平凡不過的夜晚。」

要掩人耳目，最好的方式就是把玉溪鎮居民統統限制在家裡。

這樣一來即使山上大戰一場，無數靈體與妖怪爆發衝突，激烈的法術大戰……也無人知曉。玉溪鎮上的居民依然會繼續敬重山神，畏懼山神。

比翼鳥稍作了停頓，醞釀著情緒。

於牠而言，這是很殘酷的回憶。

「不只是我們響應了調停人的號召，玉溪外海的海豚、玉溪群山的百步蛇、山羌，甚至鎮上的幾個老靈體……都響應了妳的爸媽。」

「……」

「我們一起去了神社。啊，到了你們這一代……鎮上恐怕都沒有去過神社的人了。但是，在百年前，鎮上的居民都還會去神社參拜呢。去位在深山裡，走路都要半天，還很容易迷路的山神居住之地。」

像是忽然想到什麼，我連忙提問：

「是玉溪考據裡有寫到的神社嗎？位於鳥居後方？」

「哦？你難道讀過玉溪考據？」

比翼鳥睜大了雙眼。

我點點頭，玉溪考據是從老家裡翻出來的。這個盛夏，我在塌塌米大廳讀了一點。

「我讀過玉溪考據，關於神社的資料也是從那裡面看到的。」

「現在整個鎮上還保留著的完好玉溪考據……大概也屈指可數了。」

比翼鳥微帶感傷地說。

玉溪考據裡寫著一條密道。百年前在林業還興盛的時候，山上有條產業道路，在分岔路一拐，能去很多地方。

時至今日，早已無人記得。

那裡有鳥居，穿過鳥居——連接神明居住的區域與俗世的橋樑，繼續走下去就能走向日治時代遺留下來的神社。

姚令瑄把手自然地放上沙灘，感受著海水的流動。

「召喚你來玉溪鎮的人是我爸媽，要你們跟他們一起去神社對抗山神。比翼鳥，我說的沒錯吧？」

「都是對的。」

姚令瑄歪歪頭，眼眶再次泛紅了，但她勉強自己壓抑著情緒的波動。

「那……你們去了之後，發生了什麼事？我的爸爸媽媽又為什麼要召集你們……妖怪也好、靈體也好、守護神也好，為什麼他們想對抗山神？」

「……」

「告訴我，好不好？」

姚令瑄再次請求。

我想，根本沒有人可以拒絕擺出低姿態、誠懇哀求的姚令瑄。

比翼鳥讓海浪沖了自己好幾次後，才慢慢地說：

「我們輸了。」

比翼鳥咬著牙，艱難地吐出這些字。

＼

輸得一塌糊塗。

當代的調停人——姚家夫妻，在鎮上最具有法術實力、知識淵博。

比翼鳥——傳說中的生物，具有百年以上的神祕，也曾是玉溪群山的守護神。在多個世代以前，還有人定期祭祀著牠。

棲息在玉溪外海上百年的海豚靈。

在玉溪深山裡的雲霧繚繞之地，統領一整片茶樹的茶精。

隱藏在玉溪深山裡，百年前最後一尊的土地公。

玉溪群山中，眾蛇之主——百步蛇之王。

鎮上那位老書生的師傅——可以追溯到有明時代的老秀才。

玉溪鎮上最古老的老樹，樹鬚長度及地的樹人。

還有很多存在，我沒有算上。我們全部都響應了姚家調停人的召集令，一起跟著他們上山。

我原本以為這麼多靈體、守護神，總可以與山神一戰，或是至少改變山神的一些決定。然而，是我太天真了。

在玉溪群山裡，山神與山神制訂的規則輕鬆擊敗了我們。

或許，也不能說是山神制訂的規則——那些山神承襲、繼承，並且持續貫徹、守護至今的規則。

我們被打垮了。

妳的爸爸媽媽，前任的調停人擔起所有責任，使出所有他們所能使出的法術，甚至有些古老到我都差點忘記的術式——那時候我都看到了。

他們拚死一戰，試圖掩護更多人撤退。

我到現在都不明白……為什麼山神要趕盡殺絕。我與我的另一半，就是一路飛、一路逃，逃到這裡的。

比翼鳥悠悠地述說著故事，用翅膀拍拍沙岸說道：

「就是這裡。」

「那你的另一半……」

不識趣的巴魯，聲音越來越小。

比翼鳥輕輕一笑，彷彿那抹笑可以淡去一切過往。

「我的赤紅色，就是在這裡消失的。」

「被神隱了？」

「嗯，山神在我眼前把她神隱了。」比翼鳥呆呆地望著海面，「姚家女孩，妳該為妳爸爸媽媽感到驕傲，因為他們拚上了一切。」

「嗚……」

姚令瑄正背對著我，我難以看到她的表情，能看見的只有她微微起伏的肩膀，與按住嘴巴的單手。

林梟則不知不覺間站到我身邊。

「我們交談的時間太久了。」她說。

「有關係嗎？」

「山上那位把玉溪鎮也當成祂的地盤，祂要是掌握到，馬上就會出手。」

「林梟。」

「嗯。」

「妳之前飛去山裡受了重傷，是不是就是跟山神打了一場？」

「……是。」

林梟本想拒答，但終究點了頭。

那是我有生以來，第一次看到林梟重傷。

趁著比翼鳥沒有說話，我花了點時間跟林梟聊著。

「山神真的有那麼強嗎？」

「沒有。」

「換個問法，妳怕祂嗎？」

「……」林梟頓了一下，「不怕。」

「天底下居然還有能讓妳猶豫的存在……祂在這座山裡近乎是無敵，是吧？」

我忽然感到一陣無力。

「唉，坦白說——對。」

林梟的個性讓她不怕戰，也不怕坦白。

她聳聳肩，也沒有壓制音量，這些話清楚地傳達到巴魯匝庫跟姚令瑄的耳裡。

林梟單手扠腰，瞪了眼群山。

「在鎮上還不一定……但如果越過小河，進入了玉溪群山，說起來有點複雜，但那裡的規則、法術運作，幾乎都是山神說了算。而且，怕還有結界。」

「嗯……」

「我是來自極北之地的千年神祕，實力跟你們本地的法術體系都不一樣，但進入玉溪群山，實力也會被壓制。」林梟認真地說：「這是我第一次遇到。」

「……」

姚令瑄像是再也支撐不住一般，坐倒在沙灘上。

她愣然地回過頭。

比翼鳥帶著複雜的情緒，再次勸誡：

「這就是我一開始不想告訴你們的原因。前一代的調停人召集了那麼多守護神、靈體、妖怪與山神一戰……我們還是輸了。現在的你們，不可能贏得了的。」

「……」

「不要再做無謂的犧牲了……尤其是妳，姚令瑄。姚家的人守護玉溪鎮這麼多年，也沒必要捲入這場紛爭。」

比翼鳥苦口婆心。真不愧是與姚令瑄雙親熟識的守護神。

海風依然吹拂著我們，姚令瑄久久沒有開口。

現在，前任調停人之所以被神隱的理由已經找到了。那關於我的命運，在颱風夜之後徹底被改寫的理由，也該水落石出了吧。

我走近比翼鳥。

「我想問，那為什麼前任調停人會召集你們一起去挑戰山神呢？會讓姚今瑄的爸媽出手，不惜召集你們這種百年傳說，拚上一切出手——肯定是山神做了什麼吧？」

「……」

我繼續逼問：「剛才你聽到我的名字，明顯臉色一變，也不想再看我……跟這個是不是有關係？」

比翼鳥陷入了沉默，任憑海浪一次次沖刷著牠。

我們很早出門，但一路聊到現在，時間也漸漸邁向中午了。

最近天氣很好，晴空萬里，從玉溪群山一路延伸到玉溪鎮，都能被耀眼的陽光照耀著。

奇怪的是，今天卻變天了。此刻天空上的白雲正漸漸變多，將玉溪鎮籠罩在陰影之下，連氣溫都變涼快了。

「比翼鳥，我知道你不想多說，就告訴我一句。」

「……」牠看了我一眼。

「跟我有沒有關係？」

我吞了口水，張大雙眼注視著比翼鳥。

比翼鳥也不說話，輕輕點了頭。

「啊！」

巴魯不合時宜的表現又出現了。

林梟則抿著唇，眼色更加冰冷。

「……」

跟我有關係。

我無言以對。

原先的猜測變成了預測，最後化為了事實。

前任玉溪鎮調停人，姚令瑄的爸爸媽媽之所以召集妖怪、守護神、老靈體與山神一戰，跟我有關係？那我又是何方神聖？怎麼我自己都不知道……

在今年暑假回到老家以前，什麼妖怪、什麼山神、什麼妖怪料亭，我都不知道……然而，他們確實影響了我的人生。

開玩笑似的，改寫了我的命運。

「……」

我跌坐在沙岸上，與同樣坐在沙灘上的姚令瑄四目相對。

怎麼辦？

不要問我，我也不知道。

姚令瑄無疑是我能互舔傷口的對象，我們也因這點走得十分親近。

比翼鳥悲傷的聲音傳來。

海浪變大了，拍打岸邊的高度也越來越高。

「時候到了，我要走了。」

「嗯……」

「林隱逸，最後再跟你多說一句。關於你的一切，只有山神能給你解答，你可能是唯一能在山裡來去自如的人。」

「為什麼……」我嘶啞地問。

「因為你很特殊。」

那是一個有回答跟沒回答一樣的模糊回答。

比翼鳥順著往海洋退去的海浪，準備被捲去海裡。

「啊，還有一件事，能把號角還給我嗎？」

「哦？」

「比翼鳥的號角能吵醒在深海沉眠的我們。我不希望，還有人可以吵醒赤紅色……如果赤紅色還在。」比翼鳥深情地說。

赤紅色，就是牠的另外一半吧。

「在天願為比翼鳥，在地願為連理枝。下一輩子，我還要繼續找她。」

比翼鳥的聲音，迴盪在海岸邊。

「沒問題。喏，接著。」

想也沒想，我把比翼鳥號角交給了比翼鳥。

從此世間，再無人能呼喚牠。

可以這麼說吧，百年前的傳說，又少了一個。

「走了。」

比翼鳥往前一躍，順著後撤的海浪，消失在玉溪淺海。

牠帶來的資訊量十分龐大，我們剛好需要時間好好消耗。

很不巧地，天降雨滴。第一滴雨水滴落臉頰，我看向天空，還不到烏雲密布，但雲層漸漸變厚了。

「走吧，姚令瑄。」

「去哪裡？」

「不要去妖怪料亭了。去我家吧，我煮咖啡給妳喝。」

「……好。」

姚令瑄雙手托著長裙裙襬，赤腳在海岸站起。

「走吧！巴魯，跟上。」

在下雨之前，我們開始往老家走去。

林梟不時張望著遠方的群山。此刻那裡雲霧繚繞，彷彿形成了一個獨立的世界，神祕又吸引人。

玉溪群山裡到底還有多少不為人知的祕密？

「你沒事吧，林隱逸。」林梟從我的身邊探頭問道。

「我沒事。」我微笑地對她說。

起碼不是毫無目標了。

4

水墨洞天

自從七年前的颱風夜之後，我開始可以看到妖怪，一切就變了。

運勢急轉直下，與好運沾不上邊，每次抽籤、求神問掛都是下下籤。

無論努力做什麼，都會失敗。

最荒謬的是，同樣的挑戰，別人隨便一做就能成功。

就像是刻意挑釁我似的，這種案例特別多。久而久之，我漸漸不努力了，佛系、養生，混吃等死，隨波逐流地活著，反正都會失敗。

直到現在我才明白，這一切都與山神有關。

我不知道姚令瑄的爸爸媽媽是為誰而戰、為什麼而戰，但是能教出姚令瑄那麼個性溫柔、體貼、善解人心的女孩，她的爸媽一定是好人。

在大雨到來之前，我們衝進了老家。

所幸沒什麼被雨淋到，除了姚令瑄的裙襬外，其他人全身上下大概都還是乾的。

我們一行人走進了塌塌米大廳。巴魯往沿廊一滾，林梟則縮在角落，往前延展一雙筆直的長腿，直接閉起眼養神。

「……」

這兩隻都很真性情呢。

只有極有禮貌、個性客氣的姚令瑄正經地坐在矮木桌邊。

她的眼神有些緊張，但很快就被桌上的玉溪考據吸引。

「嗳，林隱逸。」

「嗯？」

她伸出手指，可愛地指了指玉溪考據。

「這本書就是比翼鳥跟你談到的玉溪考據嗎？」

「是啊。」

「我可以看嗎？」

「當然。」

這種小事都提前確認，真像教養良好的大家閨秀。

嘴裡說了謝謝，她的手迫不及待地翻起了玉溪考據。姚令瑄的模樣看上去就是那般天真討喜。

我笑著說：「我幫你們煮點咖啡吧。」

「我、我來幫忙……」

「不用。」我斬釘截鐵地拒絕，溫和地說：「平常在妖怪料亭吃了妳那麼多頓料理，都沒有煮過什麼給妳吃。難得在我家，交給我就好了。」

「好喔！」

姚令瑄不好意思地用手捲了捲髮尾，注意力再次集中到玉溪考據上。

我一個人走向塌塌米大廳後方，挑選咖啡豆。

今天難得姚令瑄來，還是喝瑰夏吧，那是這裡最高品質的咖啡，產自哥倫比亞。

我打開麻袋，那瞬間，層次豐富的果香與花香在空氣間炸開，僅僅聞到都會沉迷其中，彷若身處咖啡莊園。

新鮮的藍莓與水蜜桃，還有典型果香型咖啡豆必有的柑橘、檸檬，層次複雜但混合的比例近乎完美。瑰夏咖啡，就是這麼吸引人。

我從磨豆開始準備。使用簡單的手沖就好，今天實在沒有太多心情。

「好香啊。」

姚令瑄偏高的柔美嗓音傳來。

我笑著說，「這是瑰夏，等等就能喝了。」

相對於我跟姚令瑄，巴魯一回來就失去了活力。牠在夏日沿廊上滾動著，很快就開始打呼。

林梟好一點，只是微微閉起眼休息。

我把三杯瑰夏放到桌上。

「林梟，咖啡好了喔。」

「放那裡吧。」

「妳怎麼好像很累？」

「可能是我昨天睡太少了。」

「是嗎？好吧。」

我不再追究，而是坐回矮木桌旁，端起咖啡。

姚令瑄就坐在我對面。

她還是有點緊張，肩膀顯得略微僵硬。一雙明亮的眼瞳正在玉溪考據與桌面來回轉動著。

「放輕鬆，把這裡當妳家就好啦。」

「嗯嗯。」

「先喝點咖啡——我們再來想該怎麼辦。」

姚令瑄端起咖啡嚐了一口，臉蛋上浮出一點紅暈，「喔！這杯是什麼？明明是咖啡，喝起來好香啊。」

「這是瑰夏咖啡豆喔。」

「咖啡豆能有這麼多種香氣嗎……好厲害，我也該在店裡放一點，感覺很多妖怪都沒有嚐過這種味道。」

姚令瑄認真地盤算。

透過黑咖啡，我的思緒也更加集中了。

「姚令瑄。」

「……嗯？」

「比翼鳥已經把牠知道的東西告訴我們了。關於妳的爸爸媽媽被神隱的理由，妳也已經知道了，但是我這裡還得找山神問清楚才行。」

「關於你的人生嗎？」

「對。」我鄭重地點頭。

我想起了在海底鬼市無名懸崖的對話。

在海鳥口中，我甚至不配把自己的人生當成交易條件，因為我沒有資格擁有，沒有百分百的控制權。聽起來很令人惱火，但也無法反駁。

姚令瑄放下杯子，她有點躊躇，像是在拿捏著該說什麼。

「林隱逸，你也想見山神對吧？」

「什麼叫我『也』想？」我皺起眉頭，「不會吧，姚令瑄？妳還要冒著被神隱的風險，再去找山神一次啊？」

一如她的父母以前做過的事，深入群山，直入神社。

「當然啊。」姚令瑄一副理所當然的模樣，她反問：「你的爸爸媽媽要是被山神神隱，你不會去找山神要個說法，或是解除神隱嗎！」

「……我會。」

「我只是在做正確的事。而且，我爸爸媽媽為什麼會去找山神？跟你有關是一回事，這裡面肯定有不公平的事，我爸媽才會看不下去吧。」

「然後？」

「既然他們沒有成功，表示不公平的事——需要改變的事還是存在啊。」姚令瑄坦然道：「那我就更需要去找山神一趟。」

「……」

我一時無語，發自內心地佩服起眼前的姚令瑄。

真不愧是有其父必有其女，置自身安危於最後，公平與正義必須擺在最前面。

姚令瑄以感性的聲音對我說：「你忘記了嗎？林隱逸。我曾經對你說過吧？我希望，所有人與妖怪只要努力，都可以獲得幸福——這是我爸媽對我說過的話，也是我的信念。」

姚令瑄態度果決，連一旁剛睡醒的林梟都忍不住拍起手。

「說得真好。」

「我只是做我該做的事而已。」

姚令瑄平靜地說，一點也不引以為傲。

「那算上我吧。我跟妳一起去，雖然我的法術實力不強，但比翼鳥說了我可能比較特殊，或許能幫到什麼。」

「我也去。」

林梟伸起手。個性颯爽的她也不多解釋，只簡扼地表達了立場。

姚令瑄對她投以感謝的眼神。

有林梟在，我們的勝算多少高了一點。

「不要忘記了我喔。」

在夏日沿廊上熟睡的巴魯不知道何時滾了進來。

我伸手摸了摸牠。

「你也要去嗎……巴魯？」

「你都要去了，我不想在山裡鬼混。」

「很危險耶。你都聽到比翼鳥說的故事了吧?」

「那又如何?你知道山神那傢伙神隱了我多少朋友嗎?我要是早一點知道是祂幹的,早就單槍匹馬殺去神社了。」

巴魯大口哼著氣,一雙小巧的獠牙不時晃動。

前代調停人召集了那麼多守護神,要是巴魯當時不在古畫裡,也一定會加入戰場吧。

幸好牠在古畫裡。

我溫柔地撫摸著牠的背。

「我們要什麼時候出發?」

我直入主題。

「神社在深山裡……但你會投石問路,所以我們去的路程應該不會很遠。後天下午,我們在通往山上的小溪那邊見面,碰面後再出發。」

「好。」

「那我先走了。」

「咦？妳要去哪裡？」我納悶地問。

姚令瑄眨眨清澈的雙眸。那副眼眸比玉溪群山上最乾淨、最清澈的水流還乾淨。

她輕聲說道：「我要去召集——所有願意來的妖怪、守護神、靈體……就像七年前一樣，我要發出召集令。」

「……好。」

「後天見啦。」

姚令瑄喝完桌上的咖啡，依依不捨地放下玉溪考據，離開了我家。

送走姚令瑄後，我回到塌塌米大廳。

屋外的小小陣雨讓寧靜祥和的玉溪鎮有了不同的氛圍。

我看了眼林梟。

「噯，林梟，妳說洞天術不是一般人會用的法術是吧？具體來說，洞天術的稀有程度很高嗎？」

「歷代調停人……可能也就一兩代會而已，以人類來說──不，即使是老靈體，都不一定能使出洞天術。」

「那我要不要準備一下？」

林梟挑起眉毛，聽到令她感興趣的東西，林梟最喜歡壞壞地笑了。

「可以啊。你要畫什麼？神社嗎？」

「對……以防萬一。」

「我去過神社一趟，你想知道什麼細節也可以問我。你使出的洞天術，細節越真實，洞天也越真實吧？」

「是。」

我翻開玉溪考據，直到看到關於神社與鳥居的那頁。

是毛筆素描，傳承百年時光的記憶，透過墨水傳達至今，我清楚看見了神社一帶的水墨畫。

趁著屋外細雨，我拿出畫筆，並開始準備顏料。

以筆刻出一世界。

後天就要深入玉溪群山，迎來與山神的最終決戰了，也不知道會不會被神隱。趁著最後一點空暇時間，我決定去一趟春林堂。

好久沒看到葉穿雲了。

春林堂，是玉溪鎮上最古老的建築。

前身似乎是以物易物的市集，久而久之聚集了大量的商人與收藏物，現在變成了古物店。

兩棵綠色箭竹盆栽放在門邊，我推開木漆顯得斑駁的木門。占地偌大，室內十分寬敞的春林堂藏品陳列區映入眼裡。

不只乘載時光。

潦草的書法將這句話留在牆面。

淡淡的書卷氣、墨水香飄散，此刻穿透窗簾——映射到春林堂內的陽光更是把所有塵埃照得無所遁形。室內，是一片靜謐的氣氛。

我在收銀台後方發現了葉穿雲，他正打著瞌睡。

「咳咳。」

於是我故意發出一點聲響，很輕易地叫醒了他。

個子高挑的他站起來，發現是我後熱情地喊道：

「真是……稀客稀客。」

「哪有，只是一段時間沒來而已。」

他上下打量著我，一段時間後說：「你這一陣子很忙吧？跟姚令瑄、林梟一起做了不少事吧。」

「咦？你怎麼知道？」

「春林堂市鎮上的古物店雖然不像是妖怪料亭那般，形成了妖怪與人類世界的橋樑，但依然是很多妖怪會來的地方。」

「有妖怪跟你說了啊？」

「嗯。包括你們去了海底鬼市，海底鬼市提出了惡劣的條件。還有，哈哈哈哈哈。」葉穿雲用手拍拍我的肩膀，「你這傢伙不是騙了海底鬼市嗎？」

「既算騙，也不算騙啦。」

我拉開收銀台附近的木椅坐下，葉穿雲順手倒了杯茶給我。

「你知道妖怪圈怎麼聊這件事的嗎？作為交易人的海鳥後來怎麼了，你知道嗎？」

「後來怎麼了？」

「海鳥因沒有確實確認紫綬帶的羽毛是真品——被罰無償再為海底鬼市擔任交易人一百年，不過因為牠在妖怪圈的名聲很差，妖怪們都在笑這件事。」

「這樣就要無償再幹一百年，也太慘了吧。」

說歸說，我並沒有多同情牠。

我拿起茶杯，喝了口茶。

因為葉穿雲的爺爺很喜歡喝茶的緣故，春林堂收集了玉溪群山附近各式各樣的茶葉。

玉溪山是與世隔絕、雲霧繚繞之地，種植出來的茶品質很高。茶水溫潤，整體回甘。

聊到這裡，進入短暫的沉默。

判斷兩個人的交情有多深時，依據兩人沉默時會不會感到尷尬就一目了然了。我與葉穿雲相識多年，就算坐在一起，彼此都沒有說話也不會尷尬。

葉穿雲盯著收銀桌上的一個烏黑老硯台，伸出手，百般無聊地把弄著。最後，他把背靠向椅背——一雙靈動的眼眸盯著我看。

「聽說你們也找到比翼鳥了。」

「嗯。」

「比翼鳥說了什麼？」

「什麼都說了。」

我把比翼鳥當天所說的情報，一五一十地跟葉穿雲說了。

海嘯與颱風只是山神呼喚的法術，目的是為了迫使玉溪鎮上的居民待在家裡。

那一夜，玉溪鎮與玉溪群山非常不平靜。

前任調停人——發出了召集令，集結了所有站在他們這一方的妖怪、神靈、守護神，深入玉溪群山，穿越鳥居，找到山神神社。一番大戰後，多數有參與的妖怪們紛紛被神隱。

我說到這裡，重重地嘆口氣。

「比翼鳥說，姚令瑄的父母之所以上山，目的似乎跟我有關。」

「跟你有關？」

「嗯。」

葉穿雲倒是一點也不意外。

他聳聳肩膀，手在桌上的古硯台上落下。

「這個世界上沒有偶然，有的只是必然——這是我一個同行說的。」

他悠哉笑道：「你之所以能感受到那幅古畫，之所以能召喚巴魯匝庫，還有更之前的，唐老爺爺為什麼偏偏選中你幫他送糖葫蘆……」

「……」

「你本來就是介於兩個世界的人吧。」

「介於妖怪與人類之中嗎？」

「這沒什麼。我跟姚令瑄、春林堂跟妖怪料亭也都算是，你真的不用覺得奇怪。」

「……好。」

我又喝了口茶。

窗外的午後陽光依舊。說實話，我十分享受這樣與葉穿雲在一起聊天，身在春林堂裡的緩慢日常。

葉穿雲忽然開口：「你們什麼時候出發？」

「明天下午。」

「姚令瑄那傢伙到處找妖怪說這件事，在妖怪圈裡已經傳開了。山上那位一定有所戒備，但這也很正常。」

「我必須跟山神見一面。」我淡然地說。

整個夏天，在玉溪鎮度過的這個夏天，不管協助姚令瑄解決了什麼樣的委託，了解我的人生為什麼被改寫、為什麼運氣變得這麼這麼差……

都彷彿一直有人在玩弄我，要我失望。

要我絕望。

要我放棄一切。

現在我終於知道跟山神有關了。無論如何，我都會去神社找祂。

葉穿雲懂我，只是淡淡地點頭。

「我懂。」

「……」

「唉……我雖然很想帥氣地說我會跟你們一起去。但是，每個人都有各自的責任，我也承擔著春林堂的責任。」

我第一時間還沒有明白過來他在說什麼，過了幾秒才恍然大悟。

我故作無所謂地說：

「沒關係。是說葉穿雲，憑你那點法術實力……不來比較好。」

「你們拚的是人數，不是實力吧。林隱逸，在以你為主角的故事裡，世界自然會圍著你轉。但在妖怪料亭以外的地方，玉溪鎮上每天都在發生著無數故事。」葉穿雲用手撥撥頭髮，「爺爺很老了。」

「……」

「春林堂乘載三百年歷史，我不能讓他在我這代斷了。」

葉穿雲痛苦地說出真正的原因。

三百年啊。要是玉溪鎮上再無春林堂，玉溪鎮恐怕也不完整了。

我伸出手──不，我前傾上半身，用手拍了拍葉穿雲的肩膀。

這傢伙……我能感覺到，即使身背三百年傳承的責任，他仍然很想跟我們一起深入玉溪群山，他也陷入了兩難抉擇。

我認真地說：

「葉穿雲，你應該知道我們這一去是九死一生。我是有事要找山神問清楚，無論如何我都要去。姚令瑄則是因為爸媽都被神隱了，加上她的信念——相信所有人只要努力，都能獲得幸福。我們都有必須去的理由，但你沒有。」

「……我知道。」

「待在這裡吧。」我故作微笑，「如果你真的想做點什麼，若我跟姚令瑄都沒有回來，就跟你爺爺商量一下，想辦法繼續維持妖怪料亭。」

「擔任調停人嗎？」

「你身為春林堂少當家，擔任調停人有差很多嗎？」

「說得倒是很容易，哈哈。」

葉穿雲舉起茶杯，神色複雜地望著我，我則揮揮手。

「別說了，我跟姚令瑄都一定會去的。如果你想幫忙，可以幫我找找山神有沒有什麼弱點。」

「山神沒有弱點。」葉穿雲毫無停頓地說。

他與我四目相對。

——在玉溪群山裡，山神就是規則，就是最高神祉。

我只能苦笑。

「也就是說，我們真的要一戰，得讓山神不在玉溪群山中——才有機會是吧？」我試探性地問。

「對。」

「那我知道了。」

我用手拍拍桌子，準備起身就走。

「要走了嗎？」

「差不多了啊。在上山前，我還想多喝點咖啡。」

「別這麼說……來。雖然我沒辦法跟你們去，但我必須送你一點什麼。」

「這麼客氣！」

葉穿雲鎮重地從椅子上起身，領著我走到春林堂後方，那裡有個收藏室。不同於寬敞明亮的前廳，收藏室裡灰暗一片，空間狹小。

他在收藏室的門口念了一句：「藏木於林。」

那句文字，點亮了收藏室。

將原本灰暗、伸手不見五指，充滿灰塵與雜物的收藏室點亮了。

這是個微小的法術。

葉穿雲走入其中，從箱子裡熟練地翻出一個寶盒，上面寫著宋青窯。

我也不知道那是什麼意思，以我的知識絲毫不能明白。

葉穿雲對寶盒吹了口氣，用袖口擦完後遞給我。

「這是……我從老書生那繼承的筆墨紙硯。」

「……四個守護神？這太貴重啦！」

嚇得我差點手軟，拿不住寶盒，這盒子也不輕啊。

葉穿雲壓低聲音：「這是筆墨紙硯他們的意思。使用他們，可以畫出具有靈氣的真物——能創造出最真實的世界。收好，給我收好了。」

「好……」我隱約明白了。

葉穿雲用手肘頂了我一下，以捨不得的聲音說：「千萬別輸了，我在玉溪鎮等你們！」

「我們不會輸的。」

我收下筆墨紙硯，告別了葉穿雲，從春林堂門口走出來，手上拿著寶盒。

「呼……」

天啊，這一趟居然收穫了傳承自老書生的四個守護神……不過，他們好像都不再化為人形了。

無妨，能夠讓我作畫就行。

使用經歷了時光長河，進一步化為守護神的筆墨紙硯畫出來的畫，效果肯定更好。

夏季薰風迎面而來。

幾個玉溪鎮的居民路過了此地，熱情的他們即使不認識我，也對我投來溫和的眼神，其中比較老的老人甚至想上前聊幾句。

那是一種，不排斥外人的感覺。

在夏天以前，我生在這裡，卻不活在這裡。如今，一股我生在這裡，活在這裡的感受……愈加強烈，心口傳來震動。

我頭一次，感覺到了歸屬感——家鄉的歸屬感。

「……」

原來是這樣的感受。

我開始往老家的方向走。

明天就要去小河邊，與姚令瑄召喚來的妖怪們會合了。不知道響應姚令瑄召喚的妖怪有多少，希望……至少不要讓姚令瑄失望。

早早回到家，我回到塌塌米大廳，從寶盒裡拿出筆墨紙硯……這些是水墨畫的工具。我看了眼昨天繪製的水彩畫，想也沒想就攤開了一張新的宣紙。

水墨畫，更契合意境悠遠的玉溪群山。

我開始竭盡全力地趕工。

「姚老爺爺，這就是你讓我畫畫、學習洞天術的原因嗎？」

我忍不住這麼猜。

墨水倒入硯台，輕輕一磨，硯台加深了墨水的深度。以毛筆吸滿墨水，我邊在心中構思著氣勢磅礡的玉溪群山。

山中有靈。

名為山神。

終年雲霧繚繞，原始森林遍布，山頂還保留著大量的神木群。得天獨厚的環境下，讓玉溪群山與世隔絕，棲息了最多的神祕。

我屏住氣息，在空白的宣紙上下第一筆——極為重要。

墨水香渲染了整個房間，渲染了整張白色宣紙。那是上好的安徽生宣，最好的水墨畫用紙。

在姚老爺爺的布置下，曾畫過上百張山水畫的我，揮出了筆。

墨水在白宣上留下了痕跡，自然地暈開。掌握墨水在白宣上渲染的程度很需要經驗。

以玉溪鎮邊緣地帶的小河為起點，我開始緩緩刻出玉溪群山。

鄰近小河的森林邊緣。

溯溪往上，從闊葉林漸漸到針葉林。

始終不變的是，了無人跡。

森林裡滿是落葉，無人清掃，也無需清掃——那都是大自然的一部分。

淺墨描繪了落葉，點點墨跡成為了野果與樹叢，偶爾有野兔跟山豬出沒。

加大筆力，一棵棵樹在玉溪群山坡上拔地而起。

繼續深入了無人煙之地，直到雲霄。

淺墨，與其說是黑，更像是灰的色彩，為玉溪群山落下層層濃霧與白雲。

那裡終年籠罩在白霧之中。

山神神社座落在鳥居後方，也是整幅畫的重中之重。

我特地換上較細的水彩筆，精細雕刻——把握細節，雕刻細節，直到刻出百年歷史的鳥居。

這是日治時代遺留下來的時代遺物，無疑是能往前代追溯，有跡可尋的文化脈絡之一。

越過鳥居，巍然聳立在清幽之地的就是神社。暗紅色與深木色的色彩拼成了那座數十年無人參訪的山神神社。

我緩緩提筆，讓最後幾滴墨水自然地落到宣紙上。暈開，成為最美的山谷霧氣。

「完成了。」

我往後一坐，跌坐在塌塌米上。

一氣呵成，過於專注的我早已忘了時間。

把毛筆收好，我遠離水墨畫——墨水還沒有完全乾，我爬向夏日沿廊，凝視著屋外的風景。

已是深夜，在玉溪鎮上這種光害極輕的地方，我們還能看見無數星辰。數不盡的群星高掛，無時無刻不吸引著我。河水潺潺的聲音、蟲鳴與鳥叫混合在一起，這就是玉溪鎮上夏日獨有的抒情曲。

林梟降落在沿廊上，她俐落地伸出長腿，踢了踢趴在地上的我。

「別躺在這裡，小心感冒。」

林梟似乎有點擔心我，還蹲下來查看我的臉。

她的大腿出現在我的眼前。

「我沒事啦。坐下吧，林梟。」

「你要幹嘛？」

「一起看星星啊。說不定，這是我們最後一次一起看星星了。」

「不會的。」

林梟站起身，居高臨下地瞥了我一眼。她單手扠腰，不屑地望了眼遠方的群山。

「你要喝咖啡嗎？」

「好啊。」

「那我去煮兩杯藝妓……」她往塌塌米大廳走去，叫聲馬上傳來：「林隱逸，這是你剛剛畫的？」

「是啊，不知道畫了多久……」

反正我是沒力了，要掌握、使用、驅使歷經數代主人、傳承超過百年歷史的筆墨紙硯，徹底發揮他們的力量並不容易。

我苦笑著。在夏日沿廊上撐起身子，上半身背靠柱子。

林梟蹲坐在偌大的白色宣紙旁。

「這幅畫透著力量……」

「是吧，哈哈。」

「憑你的法術實力不太可能有這個力量……水墨畫。」她靈動的眼睛望向擱置在一旁的毛筆跟墨水，伸出纖細的手指碰了碰，「你這是……葉穿雲給你了？」

我回過頭望向她，幾乎用盡最後一絲力氣問：「我們有機會了吧？」

「有……辛苦你了。」

林梟走到我身邊直勾勾地注視我後，從正面抱住了我。

一股清冷但涼爽的氣息，伴隨著柑橘、堅果的甜香，那似乎是林梟髮絲的味道。她耳畔的微亂髮絲搔得我的臉龐有點癢。

「明天，我們一定會贏。」林梟說。

我點點頭，伸出手抱住了林梟。

＼

隔天，鄰近中午。

睡到自然醒的我，精神抖擻地起床，收起玉溪水墨畫。

林梟穿著極短的天藍色牛仔褲，讓她一雙白皙光滑的長腿展現在陽光下。上半身穿了一件無袖紫羅蘭色背心，露腰的設計讓姣好纖瘦的身材更加顯眼。

這是一套能盡情活動的穿搭，林梟準備大戰一場。

巴魯早早就在夏日沿廊外的庭院等候了。

「走吧！」

「嗯。」

我們三個人往集結地前進。

小時候，大人總說不要太靠近玉溪群山，說山裡有妖怪，不要惹山神不開心。我記得我與葉穿雲都曾經跑到邊界處幾次，但很快就被大人抓回來。

將玉溪鎮與玉溪群山分隔的那條溪流，就是一條天然的界線。

玉溪鎮是人類的居住地，山裡是神靈的地盤。

溪流從森林裡湧出來，匯聚到農田旁的河渠中。河水清澈見底，能看見在河水底下滾動的小石頭。

此刻回頭，玉溪鎮在眼裡已經變得十分模糊。

玉溪群山矗立在眼前，陰鬱的墨綠色在眼前散開。一望無盡的森林，裡頭存在著無窮的神祕，山頂氤氳環繞。

我們三個人很快就抵達溪流，一道輕盈的白色在空地旁，十分搶眼。

姚令瑄是唯一一個站在溪流旁的人。豔陽下，她正戴著白色遮陽帽，像等候眾人般站在那裡。

眼前的場景令我震驚。

在當代調停人的號召之下，無數妖怪擠爆了這裡。

溪流前方的草地原本是一塊巨大的空地，此刻被妖怪、守護神、靈體占滿了。他們彼此熱切地聊著，沒有任何悲傷或低落的氛圍。

千真萬確。

擠爆了這裡。

我盡可能地去辨認那些妖怪，卻發現大部分我都叫不出名字。

「來這裡的妖怪比我想像的多很多耶。」

「我都不知道玉溪山上還有這麼多妖怪、守護神……」巴魯很驚訝，「我以為很多都被山神神隱了。」

「有你認識的嗎？」

「我要去找找看。」

巴魯融入了群體，開始找尋以前的伙伴。

「……」我與林梟對視一眼。

我跟林梟穿越了草地，來到溪流旁，姚令瑄正站在這裡等候，一襲白裙的她就連膚色也透著白。

她快樂卻故作穩重地說：

「怎麼樣？來的人很多吧，這麼多妖怪跟守護神……也夠資格讓山神聽聽我們說的話了吧！」

「妳什麼時候認識這麼多妖怪的啊？」

「從很久以前，我就常常跑到深山裡玩耍了。」姚令瑄露出小惡魔般的調皮笑容，「你不知道嗎？我甚至還在深山裡看過龍貓喔！」

「是會撐著荷花葉，把荷花葉當成雨傘的那隻嗎？」

「對啊。」

「誰信妳啊。」

我輕鬆地吐槽姚令瑄，她則嘟起嘴，也不想管我相不相信。

能召集這麼多妖怪、這麼多存在，願意為她而戰——姚令瑄到底解決了多少妖怪的委託，積累了這麼多的交情呢？

——我希望，所有人與妖怪只要努力，都可以獲得幸福！

真正的信念絕對不是嘴上說說，姚令瑄一定把信念貫徹到生活中了。

「時間差不多了。」

姚令瑄高舉單手，揮動著吸引大家的注意。

草地上無數的目光整齊地投來。他們與姚令瑄居然或多或少都有默契。

大家都等著姚令瑄說話。

姚令瑄高喊：

「謝謝大家願意跟我一起去找山神，我們都是為了玉溪這塊地。我的爸爸媽媽，前任的調停人召喚了大家……最後被山神神隱了。

我不能說，這一趟旅程一定安全。甚至，我們都可能被神隱。儘管如此，你們還是這麼多人都願意響應我的號召，到這裡集合……實在實在太感動了。等我們平安回來，我招待大家到妖怪料亭免費吃十天！」

姚令瑄泫然欲泣。我連忙伸手扶住她，卻被她單手隔開。

那是過於喜悅、情緒再也壓抑不住的哭聲。

草地上爆發出激烈的歡呼聲，好多妖怪大喊著姚令瑄的名字。

我看傻了眼。這是何等盛況，玉溪鎮、玉溪山附近一帶有這麼多妖怪與守護神願意因一個人類聚集，願意同時高喊她的名字。

「……」

姚令瑄，這三個字究竟具有多大的號召力、魅力？一直以來，我好像都太小看她了。

所有人都準備上山，姚令瑄轉頭看著我，輕聲說：「走吧，林隱逸。」

她指指溪流。

我深吸口氣，對小溪丟出一顆石子。

是剛才在草地上撿的，玉溪鎮原生的小石頭。

——投石問路。

這是一個不怎麼厲害但實用的法術，一道木橋在溪流旁憑空而現。

那座木橋看起來在這裡，但實際上不在這裡。那是一條，能縮短與目的地距離的神奇木橋。穿越木橋之後走進森林，很快就能找到目的地。

來自極北之地的千年神祕，在法術上擁有極高的造詣、實力極強，體系獨樹一幟的紫綬帶——林梟。

在原住民的傳說中能輕易引起地震，來自玉溪群山之中，經過百年時光歷練的守護神——巴魯匝庫。

我們三個人作為壓隊的人走在最後方，也因此，我一一看到了加入山神遠征軍的所有妖怪。

玉溪群山的百步蛇。

體格壯碩，會說話的黑熊。

在很多科學考據中都認為不存在的雲豹。

身影靈巧的梅花鹿。

看起來像是茶葉菁的小精靈。

玉溪鎮上的新生靈體。

玉溪群山中棲息著眾多生物，在毫無人跡的地方還有更多更多的神祕。

那些存在，都在姚令瑄的號召之下挺身而出。

玉溪鎮當代調停人姚令瑄果然名不虛傳。

能使用火焰，與姚令瑄非常親密的小火狐、傳說中棲息在玉溪深山長達百年，最後被姚令瑄以美食收服的製風龜，這兩個始終跟在姚令瑄身邊。

等所有人走過木橋以後，我揮了揮手，讓木橋消失，與林梟、巴魯跟上了人群。

5

神選之人

M O N O N O K E R Y O T E I

盛夏午後，走進玉溪群山後，氣溫明顯降低了。

我們走進森林中，一路溯溪往上。這一趟要直達鳥居，海拔可能很高。

在林梟的叮嚀下，妖怪、守護神們有默契地聚成一團，拉近了彼此間的距離，原先拉得極長的隊伍變得很緊密。

「小心被神隱。」

林梟化為偌大的紫綬帶在隊伍上空飛行。

不知道是不是錯覺，她飛在上空時，似乎往下方召喚出一道若有似無的加護。整個隊伍，如沐春風。

我跟巴魯不再走在最後面，而是去前頭與姚令瑄會合。

「噯，姚令瑄。」

「怎麼了？」

「妳知道路嗎？」

「目前還知道，問題是到了產業道路後……就要靠林梟姊姊了。」

火狐繞在姚令瑄的身邊竄。

百年前的那條產業道路，在中間能連接其他小路。沿著崎嶇的山路向上，就能到達海拔較高的位置。

說著說著。

「那裡……就是產業道路吧？」

姚令瑄小手一指，破舊的木牌出現在道路右方，那裡有另外一個出口。這一條路是典型的山路，路一點也不平整。經過無數前人的努力，才好不容易在這裡搭建出了山路。但因年代已久的緣故，無人維護，早已雜草叢生。

姚令瑄摘下大大的遮陽帽，輕輕一別茶青色的長髮，將髮絲勾到耳後。她露出了半個側臉，一雙眼瞳輕眨。

她往回注視著整個隊伍，臉蛋上帶著擔憂。

「大家加油，我們已經到了產業道路啦。」她低下身子，「小火狐。」

「呀？」

小火狐停下腳步，呆呆地望著姚令瑄。

「接下來我們要右轉了，馬上就要進入產業道路……你去隊伍的最後面幫我看著，不要有人落隊了。」

「好。」

小火狐十分乖巧，收到指令的牠馬上向後跑去。

大部隊往右方前進，我跟姚令瑄一起走在最前頭。

「……」

如果說，今天是從什麼時候開始讓我感受到一絲危險與寒意的。就是現在。

道路兩旁有林木夾道，遮天蔽日，垂下的樹枝不時隨著風拍到我們身上，漫山遍野生長的小樹叢、藤蔓更一再地傷害所有路過此地的人，強烈地警示生人勿近。

「……這是什麼東西？」

「小心。」

我不甚耐煩地往前，姚令瑄則揮手幫我別開我沒注意到的藤蔓。

最後是製風龜受不了了，對前方噴出強大的颶風。

神奇的是，被颶風帶走的枝芽、落葉、藤蔓就像是什麼事也沒有發生般，再次生長出來。

野火燒不盡，春風吹又生。

「再走一下就到鳥居了。」

林梟輕飄飄地降落。

她先是化為人形，過於輕盈的身子彷彿能在半空踏步。一步、兩步，最後在我們身邊落地。

我們越走越慢，連帶整個隊伍的速度也慢了下來。

氣氛愈加壓抑。

愈是這種時候，愈危險。儘管沒有真正的敵人出現，但空氣間肅殺的氣氛不知不覺間滲透到了隊伍中。

有幾隻年輕的靈體開始受不了，開始不受控制地大喊，心智在短時間被影響了。

「你們……沒事吧！」

姚令瑄連忙跑過去，準備安慰他們。

忽然雷聲大作，轟隆聲不絕於耳。

林梟伸手擋住姚令瑄。

姚令瑄瞪了她一眼，伸手撥開林梟的手。林梟嘖了一聲，懶得解釋，直接站到姚令瑄跟前，截住了她的去路。

「現在的妳，不能回頭了。」

「妳……」

姚令瑄正欲反駁……忽地，山中林鳥竄飛，引得無數樹木發出唏噓聲。

一股強烈的威壓降下，毫無預警與前言。

毫無準備的我直接吐出了口血，並跪倒在地上。我用手勉力支撐著地面，潮濕的泥土地……回頭一看，隊伍中超過半數的靈體與妖怪都被威壓震倒了。

就算有沒被震倒的存在，也都咬著牙勉力苦撐。

我們連敵人都沒看到。

在玉溪群山裡，山神真的能為所欲為。

一道宏大，來自遠方山谷的聲音，彷彿從天降下般——傳達到所有人的耳內。

『若再有前行者，必死無疑。』

『我乃玉溪山守護神，受天命，鎮守玉溪群山。』

『傳承三百年的歷史，刻守三百年的規則——不得違背。無論你是人是神，都不能違背傳統。』

「……」我與姚令瑄對視。

我這才發現，姚令瑄居然還能站著，只是嘴角邊滲出一點血。她的製風龜仍在懷裡，看起來沒有受到影響。至於林梟與巴魯兩個人都沒事。

巴魯既像是提醒，又像是解釋般說道：

「剛才那陣威壓，是針對不到一百年的存在……如果不是天賦極高，或是具有使命感而內心堅毅的人，都會被震倒。」

「小巴魯，你實力還行啊。」

林梟又開始戲弄巴魯了，巴魯哼了一聲。

「區區威壓就想震倒我——那是不可能的。」

我從地上緩緩站起，走到姚令瑄身邊。

「妳沒事吧？」

「死不了。」

姚令瑄無奈一笑。

山神悠遠嘹亮的聲音再次傳入我們耳中。

這次祂的聲音從遠方傳來時，居然一路壓倒了整條產業道路兩旁的樹木與雜草，無數的樹在我們的視野中一一倒下。

『七年前，我已神隱很多守護神、妖怪，因為當時的調停人是個無理、無知的人類，我也將他神隱了。』

『七年後，你們這些本該守護玉溪群山、一起守護傳承三百年規則的守護神，又一次站在調停人那方，愚蠢至極。錯誤不可持續，我身為玉溪群山最高位神祉——一定會糾正錯誤。』

『現在，頭也不回地往後跑的妖怪……我會放過你們一馬。繼續往前者，我必然將你們神隱。』

山神的話帶有明顯的警告與威脅，祂已展現了實力。

雖然有眾多妖怪、靈體響應姚令瑄，但此刻面臨山神的威壓與脅迫，生存的慾望已經壓倒了所有東西。

姚令瑄往後看向了隊伍，莞爾一笑。那個溫柔至極的笑容，一笑傾城。

她換上的感性的聲音，對大家說道：

「沒關係，你們走吧。你們能陪我走到這裡，我已經心滿意足了。離神社不遠了，接下來的路我能走到的。」

「……」

大部分的妖怪、守護神都沒有動彈，只有少部分靈體，失神似的往後逃。更有一部分是眼眶含淚、哭著對姚令瑄點頭，隨後快速跑走。

姚令瑄的眼瞳十分溫暖。她並不覺得有人愧對她。

姚令瑄憐愛地望著所有留在場的妖怪與守護神大喊：「走啊，你們！」

『太遲了。』

山神嚴厲的聲音傳來，如雷轟頂。

真的不誇張，山神說話時，天邊總是會傳來響雷，為祂的威壓更添氣勢。

在我們眼前，那隻稱霸玉溪群山的眾蛇之主，百步蛇之王憑空消失了。

沒有任何呼喊。

沒有一點掙扎。

身為守護神的祂，其存在百年的價值與過往就這樣被輕輕一筆勾消。

「……」

我伸手摀住嘴巴。

恐懼，一股未知的恐懼征服了我。脊椎傳來一陣涼意，我左手拉住林梟，擁她入懷，右手拉住巴魯。

你們都絕對不能消失！

這才是神隱真正令人畏懼的地方，就連反抗、掙扎都做不到，山神要你消失，你就消失了。

姚令瑄的眼眶瞬間泛紅，在落淚前，她以發自內心的懇求，大喊道：

「──快跑啊你們！」

大隊伍又猶豫了幾秒。隨後，個頭特別高的大塊頭，獨居的台灣黑熊──消失了。

那是玉溪群山中的群熊之王，具有一般妖怪難以匹敵的力量。若我記得沒錯，在百獸祠也曾看過牠……

神隱。

被神，隱去了存在。

「──啊啊啊啊啊。」

「──快跑啊！」

「姚令瑄，抱歉，這次不能跟妳到最後啦！」

「跑？還是直接跳下山溝去啊……」

「往回跑！！大家，快一點！」

「又有一個守護神被神隱啦，快跑、快跑！」

三兩個妖怪往後跑去。

愈來愈多，很快地引起連鎖反應。他們前仆後繼、越跑越快，大量原先響應姚令瑄的守護神、妖怪、靈體紛紛跑走了。

山神一點也不手下留情。在他們逃跑的過程中，山神不時神隱一些存在，讓落荒而逃的大隊伍顯得更加凌亂、荒唐。

「唔……」

我抓緊了林梟的手。

山神這一波攻擊更像是秀給我們看，讓我們屈服，讓我們畏懼。唯有姚令瑄絲毫不受動搖，繼續站在適才大隊伍所在的地方。

她仰頭，雙眼裡透著憤怒與不甘瞪著天空，與山神的聲音傳來的地方。

眼瞳裡絲毫沒有恐懼。

這一位姚家的女孩，妖怪料亭的繼承者，當代玉溪鎮的調停人——無愧她的名頭與來歷。

沒有幾分鐘，就再也看不到任何妖怪與守護神了，大隊伍剛才所在的地方就剩下了小火狐。

怎麼剛好是小火狐？

「……」

我不敢置信地望著這一切。合不攏嘴，雙眼也因預感到即將發生的事而不由得瞇起。

小火狐對半空噴出火焰，快速往姚令瑄的懷裡奔跑。

姚令瑄此時是真的慌了。

淚水滑落臉頰，她快速跑起——腳步一個踉蹌，倒在地上。膝蓋受了傷，她還是以半爬半跑的姿勢，試圖接近小火狐。

小火狐四腳飛奔。

姚令瑄在最後關頭往前一撲，想以最快速度抱住小火狐……

『神隱。』

姚令瑄重重地摔在地上，一襲白衣染上潮濕的泥土，變得骯髒而滑稽。

她什麼也沒有碰到。

小火狐在最後一秒被山神神隱了，就像是命中注定的玩笑。

「……」

姚令瑄從泥土中緩緩坐起。她第一時間陷入了沉默，雙手揮著空氣，那是剛才小火狐還在的地方。

隨後，她爆出了哭聲。

是撕心裂肺的哭聲。

她的雙手緊緊揪在心口，就像是在填補那裡的空洞。但不管怎麼補，都不可能補得上。

山神真的好殘忍……

我鬆開了林梟與巴魯，一個人慢慢地走向姚令瑄。在濕潤的土地上攙扶起她，承受著她的重量。

回想不久前，我們對今天的旅途一片樂觀，想不到山神在頃刻間便徹底打敗了我們，輕輕鬆鬆地擊潰。

「我們連山神都還沒有見到……就只剩下我們了。」

姚令瑄與她的製風龜、千年神祕的紫綬帶、我還有巴魯匝庫。

姚令瑄悲鳴著，用手摀住嘴唇。

「嗚……嗚……我也不知道為什麼會這樣，我原本以為，至少我們可以到達神社。山神可能會派妖怪跟我們打一場，我們至少可以一戰，可以努力獲得勝利……這才公平不是嗎？」

「……」

「結果……這是什麼跟什麼啊。山神連出現都沒有，直接隨手神隱掉守護神跟妖怪，這個世界這麼偏袒祂嗎……」

「……我也不知道。」我無奈地應道。

林梟靠近了我們。

並非生活在玉溪這塊地，而是來自極北之地的她目前沒有顯露出畏懼，還是那副微帶自傲，偏向清冷的神情。

也是，她之前與山神交過手，大概知道神隱對她是沒有效果的。

她平靜地說道：「穿越前面就是鳥居了。」

「嗯，走吧，姚令瑄。」

「……好。」

林梟雙手插在口袋，吹著口哨走在最前頭。

那無疑是在給自己壯膽。

我們穿過了鳥居——連接神明居住的區域與俗世的橋樑，繼續走下去，走向那座日治時代遺留下來的神社。

在深山野嶺之中，最終，我們找到了那座存在百年的神社——山神居住的地方。

終於到了，這座從我剛到玉溪鎮就一直想找到的神社。

淡霧繚繞，為這座神社更添了幾分神祕感。

深紅色與深木色相間，典型的日式神社外觀素雅莊嚴。那些原木，大概都是林業興盛時的玉溪鎮製作的上等原木木材吧。清雅的氛圍與禪味，讓人不能想見百年前它的風華時代。

我們走近神社。在跨過石階以後，看見了神社的庭院。庭院兩旁有幾座水池，水面靜止著，有裁剪得宜的裝飾用小草小花。

青煙裊裊，空氣有點冷，就連呼吸都明顯感受得到寒意。這裡的海拔很高，要是更晚一點會更冷。

「那是什麼啊？」

巴魯走近了庭院中央。

那裡有一顆非常高大的神木。頂端的樹枝上，似乎掛著無數張籤紙，此刻無風，那些籤紙都自然地垂落著，一動也不動。

我與姚令瑄、林梟一同走近。

這座神社……難道就是為了守護這顆神木存在的？

我伸手觸摸，清晰地感受到樹木的紋理與年紀，「姚令瑄，妳知道這顆神木的來頭嗎？」

「沒聽說過。」

姚令瑄十分好奇，貼近了神木開始觀察。

但她顯然更在意樹頂的那些籤紙。只可惜離地太遠，她也觸碰不到。

林梟帶有戒備地望著神木，與其保持距離。

「你們來了。」

一個穿著老舊的灰袍，長袍直達腳踝處的老人從神社後方走了出來，每一步都帶有來自古老歲月的滄桑。

他一出來，我們立刻聚集在一起，所有人做好了心理準備。

會出現在這裡的人，一定是山神。

他一出現，玉溪神社內的空氣幾乎為之凝結。整座山、整座神社，就像是為他設計的舞台。

巴魯直接進入戰鬥狀態，牠的蹄子懸在半空，隨時準備落下。

「……」

老人面無表情地看著我們，淡淡地笑了。

他冷冷地對巴魯說：「你好歹也是……咱們玉溪群山的守護神，雖然笨了點，小了點，蠢了點，但你難道感受不到什麼嗎？」

「……」

「你試著召喚一下地震的力量就明白了。」

「你找死嗎？」

巴魯一咬牙，憤怒回嘴。

這一趟旅途中，巴魯又失去了好幾個剛認識的朋友。這隻只能孤獨地在深山裡奔跑的野豬，對山神早已充滿怨氣。

面對山神的挑釁，巴魯匝庫憤恨地落下蹄子。

「……」

什麼事也沒有發生。

姚令瑄的臉色一沉。

地震之力並沒有因巴魯的召喚出現，那可是巴魯與天俱來的天賦與職責。

這意思是……在這座神社內，山神甚至可以限制巴魯匝庫這種具有上百年歷史，流傳在原住民與先民之中的神話。

太誇張了，山神在玉溪群山真的可以為所欲為？

山神很享受所有人的無力。

我趁著他沒注意，留意了一下神社兩旁的水池。水池很大，足夠讓整張宣紙浸在其中。

「發生、發生了什麼？怎麼回事？為什麼沒有出現地震！」

巴魯完全不能接受。

牠一次又一次地踏著地面，但什麼事也沒有發生。

要是在玉溪鎮，牠連續踏了幾次地面……召喚出來的力量已能摧毀玉溪鎮，並在玉溪外海引起海嘯。

神話與人類的力量差距。

巴魯往回退到我們身邊，豬身開始微微發抖。

山神代表著壓倒性的實力。

老人轉身，正面看向我們。

「我說了。在這裡，你們所有的法術都用不了。」

「……」

「姚家小女孩，妳要是不信可以對我試試，我原諒妳一次。」

我看向姚令瑄。

她一抿唇，再無猶豫，果斷地出手了。

她從白色長裙後方抽出一條絲帶，是那條隨風飄逸的長絲帶。

絲帶在半空閃現出無數道星辰般的光彩，彷若炫目的銀河，筆直地衝向山神。

「怎、怎麼會……」

我往後退了一步。

絲帶在半空中失去了光彩。法術被輕易地消去，在半空中變回了普通的絲帶，掉回地面。

「……可惡。」

姚令瑄不甘心地叫著，但她也無計可施。

如果連巴魯匝庫、姚令瑄的法術都無力，那我試都不用試了。

山神揚揚手。

「那邊那隻紫綬帶，別仗著妳不是來自玉溪就想對我出手。」

「……」

被點名的林梟驕傲地抬起頭。她緊緊握拳，氣氛一觸即發……但最後，林梟鬆開了拳頭。

我看到了什麼？林梟居然沒有出手。

山神哈哈哈哈地笑了。

「看來，上一次我處罰妳——妳確實得到了教訓。」

「我警告你，不要再用這種語氣……」

「妳警告我什麼？妳有那個資格，在玉溪群山中對我說三道四嗎？」

山神輕佻地說，一點也不給林梟面子。

「——給我閉嘴，外來者。」山神厲聲斥責。

緊握的拳幾乎快流出血，林梟咬著牙，閉上了嘴。這要是以前的林梟，早已不顧一切地飛上前了。

趁著他們鬥嘴，我偷偷把一張宣紙交給了巴魯。

「林隱逸？」

「等一下你去這麼做……」

我壓低聲音，透過一些手語，告訴了巴魯匝庫。

牠狡詐地點點頭，隨後開始裝死，倒在地上，似乎很無法接受召喚不了地震。

裝得有模有樣呢。

交代完後，我把視線重新轉回山神。

一襲老舊灰袍的他，看上去具有威嚴與氣勢。這座神社已經荒廢百年，居住在此地的山神卻依然具有這麼強的實力，我們幾乎什麼都做不了。

我鼓起勇氣，邊自然地往水池移動，邊說：

「山神，你有這麼強的力量……完全可以直接把我們都神隱掉，你……

為什麼放我們來這裡？」

山神如黑洞般的雙眼，放到我身上。

「因為你們都是各司其職的角色。剛才那些愚蠢的守護神，我也不是統統都把他們神隱了。多數我只是消除了記憶，讓他們離開山峰而已。」

「……」

「玉溪鎮不能沒有調停人，所以姚家最後一絲血脈，姚令瑄……必須繼續活著。巴魯匝庫的能力很珍貴，而且牠本心良善，對玉溪群山有益，我不可能每一次都把你們全部神隱。」

山神把手放到神木上，續道：「七年前，我也是這麼做。只是我沒想到，七年後又來了一遍。」

「這……」

「我爸媽……」姚令瑄問道：「我爸媽……你把我爸媽怎麼了？」

姚令瑄輕聲說出她來的目的。

雙親一夜消失，自從七年前的颱風夜後，原先幸福美滿的家庭就此破滅。到現在……那都是姚令瑄竭盡一切，去追尋的答案。

姚令瑄一步一步往前，走到了山神眼前。

「妳的父母召集了許多守護神、妖怪還有傳說……召集到的存在，甚至有點超乎我的意料之外。如果他們只是召集，跑來質問我，我也不會把他們神隱的。」

「神隱……」

這兩個字，重擊了姚令瑄。

纖細的身子再也支撐不住，跪倒在地上。原先本就沾上泥巴的白衣，再次沾上了神社裡的青草地。

姚令瑄的眼眶紅了。

「你說，你原本不會把他們都神隱，而且他們是玉溪鎮的調停人。您是山神，一定知道他們是很好的調停人，調停了無數場人類與妖怪的紛爭吧！」

「我知道，我看見眼裡。」

「那為什麼……」

「因為他們折斷了樹枝，摧毀了延續三百年的傳統——」山神把手一指，指向素雅的庭院中央，高高聳立的那棵神木。

無數張籤紙懸掛在頂方的樹枝上。

那些籤紙代表了什麼？

這棵神木又是什麼？

山神長長地嘆了口氣，自顧自地看向了樹頂。

「我、我聽不懂……」姚令瑄神情呆滯。

「……」

我也不懂。

趁這個空檔，我已經走到了水池邊緣。看了一眼巴魯，牠也對我眨了眨眼。

林梟與巴魯也不懂，但我已明白，我們離真相只剩一步之遙。

山神沒有隱藏的意思。

「要跟你們解釋的話，這就是一個有點長的故事了。」山神對我揚了揚下巴，「你的人生在七年前開始，就被我抽走了大部分的運氣。」

「……果然是你。」

我頓感一陣無力。沒有經歷過的人，都無法明白箇中滋味。

猜測變成了事實。

「即使有時候你快成功了，我也會使用法術，破壞你的成功，目的就是為了讓你放棄你的人生。聽起來很殘酷？不，我只是想透過這件事，告訴你一件事。」

「告訴我什麼？」

「你的人生不屬於你自己。」山神冷冷地說。

沒有其他解釋，但這句話對得上海底鬼市給出的答案。

山神的表情變得凝重嚴肅。

他依靠在神木邊，對我們朗聲說道：

「這座神社裡的神木，存在了超過五百年。在有玉溪這個名字前，這棵神木就已經在這裡了。神社圍繞著它蓋起來，就只是為讓後人繼續參拜它。它帶給了玉溪群山無數的力量，甚至可以說是力量與守護的泉源。沒有人知道百年前小鎮上的人們是怎麼跟神木、山裡的神靈協商，定下契約的，那都是三百年前的往事，但傳統一直延續到七年前。

每十年，當代的山神都需要選定鎮上出生的一名孩子，在必要的時候，山神能使用他、操控他的一切。**林隱逸，七年前的那個男孩——就是你。**」

「……」

強烈的衝擊襲來。

太多知識震撼了我，我的心跳飛快，血壓升高，幾乎無法繼續站著，是林梟在旁穩住了我。

她身上的氣息，能讓我放鬆。

好不公平。我在內心自嘲，乾脆地笑了出來。

無所謂了，何其荒謬。一直覺得自己生在這裡，並不活在這裡的我，居然打從一出生，命運就跟這座小鎮與群山永遠綁在一起。

山神蒼白的鬍鬚隨著神社裡的第一道風晃動，他伸手撫順。

神木上的那些籤紙也跟著微風輕搖。

「在這棵神木離地非常遠的枝芽上，刻著那些小孩的名字，名字與靈魂相連。到你，我記得是第三十一個孩子了。這些典故，一直不為人知，我也不知道為什麼前一代調停人會知道這件事……」

山神面露不解。

他看向跪坐在地的姚令瑄，口中再次說出冰冷的言語。

「妳的雙親，就是愚蠢的前代調停人。他們闖進來這裡，不惜破壞三百年的傳統——他們把枝芽折掉，還給了林隱逸自由。」

「……」

「他的人生也不再歸我所控。即使玉溪群山有需要時，也用不了他。他可以在任何時間，做出任何他想要做的事——這就是妳雙親的希望。」

山神輕蔑、居高臨下地看了眼姚令瑄。

「我爸媽沒有做錯……」

「他們錯了。」

「沒有……你們不能隨便決定其他人的未來……」

「那是三百年前的約定，也是持續三百年的傳統。」

山神惱火了，他好像很不明白為什麼我們不在意這些。

一個彈指，姚令瑄手上那條白色絲帶神隱了。

姚令瑄一時不知所措。

「夠了。」

我站到姚令瑄身前。

雖然沒有很肯定，但我有個預感，山神不想傷害我。可能在他眼中，我仍然是他的所有物，沒有傷害自己東西的必要性。

我迎上山神的視線。

「我有個問題。」

「說吧。」

「不管當初第一代小鎮的居民是怎麼跟山神締約的，為什麼每十年就需要一個孩子？而且，也不是直接控制這個小孩。」

「……」

「就像我好了，就算我的名字依然刻在神木上，說實話，在颱風夜之前我也很自由、很快樂，沒有被強迫做過什麼。」

這是我最大的疑問。

那不是獻祭，既然不是獻祭，又為什麼需要維持十年一個孩子的傳統？這個傳統的目的是什麼？

「我、我也想知道……」姚令瑄微弱的聲音傳來。

山神讚賞似的望著我。他想了想，最後直接回答：

「你終究還是當年我親手選中的孩子，能一眼看到問題的核心……答案很簡單——山神每一百年換一次繼任者，每一任山神都要有人能接班。」

「什麼……」

我大吃一驚。沒有什麼言語能形容此刻我的心情。

我回頭望向姚令瑄。

她的一頭長髮失控地傾洩，但她也無心整理。

山神清幽的聲音迴盪在神社。

「我也不例外。時間一到，我就會從神木上寫的名字中挑選一個孩子，或者孩子已經長大了……讓他到神社，接任我的位置。」

「那你自己……」我遲疑地問。

山神點點頭，「幾十年以前，我跟你們一樣也是在玉溪鎮上奔跑的孩子。只是有一天，我就被召喚到了玉溪神社。那時候，玉溪神社還有人參拜，參拜的人絡繹不絕。玉溪鎮林業發達，每天都有人參拜神木祈求平安。前一任的山神花了十年，把所知的一切、需要學會的知識、操控力量的方式統統教給了我，我就這樣繼承了山神的位置。直到七年前，姚家調停人突然率領守護神、妖怪、傳說中的存在……尤其是那一對比翼鳥，一起殺上山。」

姚令瑄不知何時站了起來，越過了我，一拐一拐地走到山神跟前。

我屏住氣息，看著她想做什麼。

「山神，我的爸媽……還能回來嗎？」

「……」山神沉默了。

「所有被你神隱的存在，都再也回不來了嗎？你是神，應該有方法可以讓他們回來啊，拜託……我真的好想他們。」

「……」

「求求你了。」

姚令瑄跪倒在山神跟前。

山神沒有理會她，但也沒有出言拒絕她，只是默默地凝視著她。

良久以後，他才搖了搖頭。

「我並不知道有方法可以喚回被神隱過的人。可能有這種方法，但我不知道，所以妳的爸媽，回不來了。」

「嗚——」

一直希冀雙親能歸來的姚令瑄，再一次慘遭重擊。

堅強的她，今天已經哭過好幾次了。

我想了想，似乎沒有什麼需要再問的了。我把宣紙在背後打開，盡可能不動聲色，也確保巴魯有在注意我。

山神似乎對姚令瑄的哭泣很不耐煩，他揮了揮手。

「你們都可以走了。」

「……」

「只有你，林隱逸，你必須留下。」

山神指著我，以一股不容拒絕、不容討價還價的口吻。

我皺起眉頭。

「為什麼？」

「時候到了，我也需要開始培養下一任接班人了……你就留在這裡，好好跟我學習吧。」

「你憑什麼安排我的人生！」我怒吼道。

這是累積多年的憤怒。

「你還不明白嗎……我說得很清楚了吧？基於三百年前的約定，基於持續三百年的傳統，不管是玉溪群山還是玉溪鎮，都需要有山神的存在。」

「我只是想告訴你——我不想！」

我斷然拒絕。

在山神出手前，我一個旋身，將手上的宣紙沉浸在水池中。

玉溪群山的畫浸泡在玉溪群山的雨水之中。

一秒。

兩秒。

三秒。

我雙手手腕一抖，宣紙上經過特殊處理的顏料與宣紙徹底分開，那些雲霧繚繞之地、茵綠的樹林紛紛彈起。

躍出了宣紙。

躍出了封印。

很好，很好！來得及！

「你太天真了。」

隱約雷鳴。

轟隆雷聲。

山神具有威壓的言語像衝擊波衝向我的身體。我勉力抗衡，姚令瑄也撐著身子來到我身邊，以雙手扶住我。

失去法術力量的她依然全力以赴。

「——啊，林隱逸，撐著啊！」

「我當然會撐著！」

誰想當山神啊，在搞笑吧！我的存在、我的人生，不需要任何人來證明或理解。

我就是我，只有我可以掌握我自己的人生！

儘管姚令瑄全力拖著我，山神的威壓依然從上而下，壓制著我。

我的手腕已然泛白，水彩畫裡的玉溪群山躍出宣紙……但還沒有取代眼前的世界。

「唉……你們這些孩子。」

山神若有所思地嘆氣。

在狂風之中，我們分不出人手去抵抗他。

製風龜有嘗試吹出颶風，但相對於山神的絕對壓制，那點風一點意義都沒有。

他一步步走到我身邊，大手一按，把彩色的玉溪群山與神社壓回了宣紙。

洞天術……失敗了……

山神的手再往下按，宣紙憑空消失。

我往後一倒，跟著姚令瑄一起倒在地上。

這次再也站不起來了。

本就虛弱的姚令瑄更是幾乎失去了意識。

山神嚴肅地望著我。

「林隱逸。」

「……」

「因為姚家的調停人把你的枝芽折掉了，所以我控制不了你。但是，你如果不留在這裡，我現在就會神隱巴魯匝庫。」

「不、不要……」

「下一步，我會神隱姚令瑄。」

「她沒有做錯任何事……不要、拜託……」我無力地說著。

「呵呵。」山神胸有成竹地笑了，「不要神隱他們，可以。只要你留在這裡，我會放他們走。」

「……為什麼你總是要控制我的人生？」

「你的人生，本來就不屬於你啊。」山神理所當然地說。

那個語氣中，不帶有絲毫憐憫與同情，極其自然地把我當成玉溪神社的所有物。

那一瞬間我終於明白了——我與山神無法並存。

只要山神繼續存在，就會發自內心認為我該來到這裡——不管怎麼說，都改變不了所謂三百年的傳統。

「夠了。」我說。

這是暗號。

動手了。

紫色的幻影幾乎同時現身，以肉眼跟不上的速度向山神襲去。山神一個後躍，雙手在半空召喚出兩根長矛。他輕念法術，長矛也以極快的速度往林梟射去。

但是在公平的世界裡，山神不具有壓倒性的實力。

無比自傲的紫綬帶，在這個世界上單論神祕，幾乎沒有人可以超過她的等級，她只是一直受制於玉溪群山而已。

紫綬帶輕易地叼住兩根長矛，不屑地神社內的神木吐去。極為挑釁，兩根長矛插在了神木上。

山神顫抖地看向神木，臉色頓時慘白。

「這、這裡不是玉溪群山……但是洞天術，已經被我破壞了啊。」

「哼，我們既在這裡，也不在這裡。」

「是你搞的鬼？」

「對。」我笑著點頭。

紫綬帶毫不留情地撞飛了山神。一把老骨頭的他往後撞向了石壁，紫綬帶伸出前腳，將老邁的山神狠狠壓在地上。

「……怎麼做的？」

「有人跟你說，我精心描繪的玉溪群山只有一張嗎？」

我指向另一方的水池。

巴魯正守護在那裡。

我昨天花了一整個晚上，用葉穿雲贈送的筆墨紙硯竭盡全力繪製出的水墨畫——早早交給了巴魯。

趁著老山神的注意力在我身上，我就是個障眼法，我手上的水彩玉溪群山也是個障眼法。

「可以了嗎？」

巨大的紫綬帶，轉過頭問我。

我搖搖頭。

「你們這些人……會後悔的，玉溪群山不能沒有山神。」

「為什麼？」我好奇地問。

「……三百年來，一直都有山神存在。山神是玉溪群山中最高位的神祉，只有山神能調停妖怪、守護神的紛爭。」

「是嗎？」

我故作狐疑地問。

山神正想繼續解釋，「我說的是真的啊。」

「——妖怪料亭也可以，我也可以。」

倒在地上的姚令瑄，淡然地說出這句話。

這句話，封住了山神的嘴巴。

回想今天在小河邊，因她的名字、她的號召出現的守護神與妖怪、精靈與靈體，就算不能說是整座玉溪群山都信任她，但也來了好多好多存在。

山神、姚令瑄，誰更有號召力與魅力，誰更能調解彼此間的衝突，一目了然。

我對林梟點了點頭，偌大的紫綬帶鳥嘴毫不遲疑地往山神身上啄去。

頃刻間，林梟吞掉了山神。

一縷青煙。

報完仇的她，很快地變回人形回到我身邊。

「……」

終於解決了，整座神社陷入了靜謐。

山神不在了。

我解除了洞天法術，回到真實的玉溪神社，原先還以為山神是不是還有什麼神通，會在真實世界裡再次復活……

「他不在了。」林梟肯定地說。

這句話，讓在場的所有人都徹底放鬆了。

終於結束了。

巴魯爆出歡呼，一邊在原地打起轉，製風龜呆呆地跟著牠。牠們兩隻的速度落差太大了，顯得很搞笑。

姚令瑄一別茶青色的長髮，癱在地上的她抬頭望向神木頂上的籤紙。這一舉動，讓我也跟著往上看。

三十個孩子，又有多少人接任了山神的位置呢？

姚令瑄感性地說：「林隱逸，在你之前……有三十個玉溪鎮的孩子，他們的命運都被綁在樹上呢。」

「嗯。」

「我們還他們自由吧？」

「好啊，這是我們該做的事。」我走向林梟，「林梟，可以麻煩妳嗎？」

「小事。」

紫綬帶騰空飛起。

她飛上了神木，一一把綁在枝芽上的籤紙咬下。隨著三十張籤紙落地，這延續三百年的傳統到此畫下句點。

我們的存在，不需要任何證明或解釋，更不需要繼續完成前一代的約定與不明所以的傳統。

林梟一落地，我從正面抱住了她。

她有點不知所措，臉紅的模樣跟平常冷傲的她形成強烈的反差。

「謝謝妳，林梟。」

「放開我啦。」

「再等一下。」我捨不得鬆手。

「咳咳。」姚令瑄的聲音從旁邊響起，「你們兩個可以先來扶我一下嗎？要放閃，可以回去你們老家再閃。」

林梟聞言，不好意思地推開我。

我走向姚令瑄，把極為虛弱的調停人扶了起來。

「妳以後壓力更大了啊，調停人。」

「看來是時候把葉穿雲那傢伙抓來幫我了。」

「確實，那傢伙也閒夠久了。」

我深感贊同。

在離去前，我再次回頭望了眼玉溪神社。

這裡早已從人們的生活裡淡去，被人們徹底遺忘——但玉溪神社確實存在這裡。玉溪群山中，究竟還有多少這樣的地方呢？

等到哪一天我有空，跟林梟一起飛遍玉溪群山各處吧。

我生在這裡。

也活在這裡。

玉溪鎮與玉溪群山，就是我的家鄉。

林梟從旁彈了一下我的額頭。

「走了啦。」

「喔喔喔，好。」

林梟開路，我與姚令瑄跟上，最後則是巴魯跟製風龜。這一趟旅途雖然漫長又危險，所幸最後化為了美好的結局。

「記得明天來妖怪料亭吃飯，好好慶祝一番！」

「好！」

——《妖怪料亭03》完

後記

M O N O N O K E R Y O T E I

哎呀，想不到這麼快就又要寫後記了。

聖誕節我在趕稿。

跨年我在趕稿。

春節我還是在趕稿。

作家真的是高危職業QQ

今年一晃而過，真的不知道又出了幾本書。妖怪料亭1、2、迷途之羊前傳——未迷途、妖怪料亭3，還有青雨之絆的前傳，以余生為主角的往日餘生。

五本？五本！

天啊，混吃等死的我居然寫了這麼多，確實太多了。

還是在這一趟旅途漸漸來到尾聲，極需要休息的這一年，一口氣爆發完，正好一口氣進入休眠了。

創作始於衝動，終於理性。

未迷途。

往日餘生。

都是出於我任性的作品，也都順利完成、出版了，當然不只是我任性，而是我也知道很多讀者都想看，一直在敲碗，余生呢！迷途之羊的後續呢？

於是，我們一起任性了。

沒有你們，我早就不幹了，真的。

也很謝謝責任編輯的信任、包容、支持，讓我可以任性地去寫往日餘生，儘管最後往日餘生影響到了妖怪料亭的進度，但總歸來說還是一句美好。

結局是美好的，那一切就無所謂了。

接下來，就是混吃的獨白了。

希望有買實體書的大家——都能更理解混吃的心情。

用暫別，重新看看人生的風景。

已經寫十四年了。

混吃才二十七歲，代表著寫書已占據了過半的人生。

每次我聽蛋堡的史詩都很感動，因為太多歌詞都深深打到逐夢人的心裡。

疏遠了一切人際關係
我沒有空
凌晨四點
安靜的黑夜算是今天或明天

但最感動我的還是那句——最後一次點火，忽然懂了，所謂煙到盡頭。

混吃沒有目標很久了，當初寫作的初衷——讓更多人看見我的故事也早已達到了。

混吃不是天才，在點偵出版以前寫了十四本書，超過一百萬字，最後才在大三出版第一本書。幸運的是我是在三日月出版，加上抽責編抽到SSR。這些故事也說過幾次了。

初衷早已達到，那混吃繼續寫下去的理由是什麼呢？

不是為了名而寫，更不是為了微薄的版稅，我躺著都比版稅賺得多。

那是為什麼而寫？

沒有人可以給我答案。

我只是在點著火，燃燒著自己。

為了當初看點偵、看迷途度過青春時代的你們寫著。那也是我的青春，如果沒有大家，我早就放下了。

但是，終究來到了旅途的終點。

一如迷途之羊，再美好的旅途都有終點。

最近寫完往日餘生，加上妖怪料亭3，我已經清楚明白比起寫稿，我想做的事更多。

不是為了名，也不是為了利。

初衷早已達到，這趟旅途究竟有沒有終點？

寫小說填滿了我半個人生。

十四年之久。

當初一起寫作的夥伴，很多人都消失了，或是沒像混吃這麼投入商業，讓我不由得問自己，這半個人生要是我去做了其他事，空白的宣紙上會是什麼？

就像是秒速五公分的結局，我往鐵軌的對面一看——

伊人已走。

我已釋然。

這趟旅程已經足夠長久，我也早就疲憊不堪，我也終於明白——夠了。

往日餘生與這本妖怪料亭3，會是微混吃等死最後的作品。在那之後，我要休息一整年，拿回屬於我的一年空白。

上一次我整年沒寫書是國中一年級了。

上一次沒出書，也是好幾年前了。

很累很累很累很累。

很累很累很累很累。

謝謝大家，一直支持中二a混吃。

也謝謝三日月出版的編輯與工作人員，妖怪料亭3因太多太多的理由，微拖稿造成了大家的麻煩。很謝謝大家，最終讓這本書順利出版。

我也早已不再是學生，年紀越大，背負得、看得也越多，時不與我了。

我們一起迷途過。

我們一起任性過。

那段旅程，不管發生了什麼都不會改變，也不會消逝。

一年後，又或者半年後，等到心裡那個創作衝動重新歸來——混吃就會再次執筆了。

讓我們用暫別，重新看看人生的風景。

二〇一七年寫迷途時想到最深刻的文案，至今混吃仍然記得，並繼續使用著。

或許時至今日，仍有人記得當初那一趟旅途的美好時光。

於我而言，這比什麼都重要。

FB & Instagram & Youtube 都能找到野生的微混吃等死。

想看混吃說話的話追蹤一波。

求 **CARRY**。

微混吃等死 春分

高寶書版集團
gobooks.com.tw

輕世代 FW372
妖怪料亭03(完)

作　　者　微混吃等死
繪　　者　歐歐MIN
編　　輯　陳凱筠
美術編輯　彭裕芳
排　　版　彭立瑋

發 行 人　朱凱蕾
出　　版　三日月書版股份有限公司
Printed in Taiwan
地　　址　臺北市內湖區洲子街88號3樓
網　　址　www.gobooks.com.tw
電　　話　(02) 27992788
電　　郵　readers@gobooks.com.tw（讀者服務部）
傳　　真　出版部　(02) 27990909　行銷部 (02) 27993088
郵政劃撥　50404557
戶　　名　三日月書版股份有限公司
發　　行　英屬維京群島商高寶國際有限公司台灣分公司
Global Group Holdings, Ltd.
初版日期　2022年2月

國家圖書館出版品預行編目(CIP)資料

妖怪料亭/微混吃等死著.-- 初版. -- 臺北市：三日月書版股份有限公司出版：英屬維京群島高寶國際有限公司臺灣分公司發行, 2022.02-
面；　公分. --

ISBN 978-986-0774-73-3(第3冊：平裝完結限定版). --
ISBN 978-986-0774-74-0(第3冊：平裝)

863.57　　110021393

三日月書版

三日月書版

GOBOOKS & SITAK GROUP©

GOBOOKS & SITAK GROUP©